U0935727

A BEAUTIFUL LIE

〔英国〕爱尔凡·马斯提尔 著　李　丽 译

Irfan Master

美丽的谎言

译林出版社

献　给

阿米达·布赫拉，

感谢您的故事

古拉姆·M.马斯提尔，

我们依然想念你

目　录

序　言

人人都会撒谎。

我们都会撒谎，有时是出于自我安慰，有时则是为了善待他人。

多年前，我撒过一个谎，这个谎深深地烙在我的生命里，它把我定格成一个特别的人。那是孩提纯真的岁月，是我对于世间万物深信不疑的唯一时期，也是我今生仅此一次的撒谎时期，那谎言导致我日后生活无法安宁。

我们都会撒谎，直到一九四七年八月十四日那一天，我才真正领悟到：谎言的确人人会说，但是谎言导致的结果却大相径庭。

石榴巷，

印度北部

一九四七年六月

第一章

有些不祥的预兆，我感觉得到，可就是无法说清到底是什么事。这让我想起爸爸时常晃着脑袋的情景。他伸着脖子，像只焦躁不安的小公鸡，不断嗅着空气中的气息。每当此时，他会看着我问："儿子，你闻见没？季风要到了。"此刻的感觉就像那样。我能预感到事情在酝酿中，而且不是下雨或季风之类的事，远比那些要猛烈得多。

怀里抱着个大甜瓜，我心事重重地穿过市场，对周围的一切视而不见，但是茉莉花的花香把我从沉思中带回现实。于是，我停下脚步，观看着花贩们精心地将花瓣用线串成项链，再将它们仔细地堆积起来。

花贩杰耶希目光敏锐，手很灵巧，在市场上的花贩中，串花手艺首屈一指，因此他堆起的项链串总是最高的。他精湛的技艺远近闻名，十里八乡的村民到市场来就是为了观看他盘腿坐在凳子旁边灵巧地串花。我穿过马路来到他的货摊前停了下来。几个月前，在他身边围观的人是成群结伙，可今天却只有我孤单单的一人。我专注地看他串花，只见他手法熟稔、毫无停歇地将花瓣一片一片地串连起来。我耐心地等待着他将一片玫瑰花瓣放进嘴里嚼，继而将那花瓣咽入肚里——每到这个时刻就表明项链做好了。终于等来了那时刻，我会心地笑了，因为有些东西毕竟还是保留了原有的风貌。可是，想到近来发生的种种变故，我再也笑不出来了。生活看似平静，一如既往，我却感到市场上有种前所未有的紧张气氛，种种迹象表明现在已不同以往。

走过路旁煎炸食品摊时，我的肚子开始咕咕作响。军人和英国人常来这里吃东西。只见一口大锅里炖着扁豆，咕嘟咕嘟地冒着泡泡；旁边的大锅里蒸着米饭。走过另一家也经营着相同食品的小吃摊时，我摇摇头，加快了脚步。几个月前，这两家摊主是合作伙伴：一家做扁豆，另一家做米饭，利润平分。以前，两家的摊位紧紧挨在一起，亲密无间。闲暇之余，主人则像朋友那样一起坐在树荫下抽烟。但那都是过去的事了。

我走近竹竿搭成的凉亭时，听到互不相让、嘈杂凌乱的争吵声。自我记事以来，集镇上的许多老人常常在此聚集。他们将酸橙粉和萎叶撒在桉树叶上卷成烟卷，边抽烟边谈古论今，海阔天空地聊。爸爸从前也常坐在这里，倾听老人们高谈阔论。对他们的谆谆告诫爸爸总是赞许地摇着头[①]，他们的明智建议他更是十分敬佩，并认真听取吸纳。此时我犹豫不前，驻足听着那些老人们的谈话声，看着他们边说边比画。记忆中这里很平和，每次路过时，有的老人在轻轻打盹，有的会对你眨眨眼，还有

① 印度人在表示同意或赞许时常伴以摇晃脑袋或将头侧向一边，与表示不同意时的摇头动作不同。

的会给你些钱叫你帮忙去买些桉树叶来……可现在这里再看不到昔日的安宁了。虽然眼下也有几个人静静地坐在那里抽烟，可更多的老人都在那儿站着，手还不停地晃动着。还有几位拄着拐杖也要站着的老人，神态严肃，不苟言笑，耐心地等待着轮到自己发言的时刻——其实不叫发言，而是高喊。甚至有位老人急不可耐地拿拐杖捅了别人一下，马上招来更多人站了起来，愤怒地举起拳头向他抗议。见此状，我赶紧加快脚步走开了。以前老人们也常常争吵，可没有这么浓烈的火药味。这样的争吵隐藏着某种暗流。以前他们争吵，喝杯凉爽的拉昔就会冷静下来。可今天老人们怒火难息，在凉亭下愈演愈烈。我感觉一切都怪怪的，非同寻常，就像以前戴上爸爸的眼镜一样，东西都放大变形了。我满脑子想的都是过去的情景，恍恍惚惚地走着，错过了阿南德的蔬菜摊。突然，一个刺耳的声音响起，我再次被唤回现实中来，原来是阿南德在冲我喊：

“比拉尔，你抱着个瓜要去哪儿？差点儿就要砸到我脚上啦！”

我低下头看了看手中沉甸甸的甜瓜，突然间意识到，爸爸并不是真想吃瓜，他只是希望医生来时我不会碍事。我迅速将甜瓜递给满脸惊讶的阿南德，飞快地往家跑去。

跑到家门口，我双脚一滑停了下来，正碰上医生从我们家前门走出来。我跑得上气不接下气，弯下腰喘气，医生在一旁耐心地等着。

“比拉尔，站起来！那样你的呼吸会平复得快些。”

我呼吸急促、大口喘气，几乎无法开口说话。但我还是勉强站了起来，目不转睛地盯着他的面孔。

他亲切地看着我，探过身来，将我反着的衣领竖直整平，然后冲我笑着说：“比拉尔，看看你，今年已经十三岁了吧，还是不会穿衣服。你妈妈去世多久了？”

“五年……”

“孩子，五年的时间不短哪！你得学会好好照顾自己。”

“零四个月……”

“你说什么？”

“还有二十四天。”我注视着他的目光，一板一眼地回答他。

医生鼓圆了腮帮吐了口气，接着又是一声长长的叹息。

见此情景，我内心深处那种忐忑不安的感觉，突然间像丝丝电流一样，传遍我的全身，击打着我的每一根神经。

“比拉尔，你爸爸快不行了。你知道的，对吧？你了解他的情况，也有所预感的，对吧？”

顿时，我感觉眼前冒着金星，整个身体似针刺般疼痛难忍！医生面部的轮廓在我眼里渐渐模糊，我用力地眨着眼睛。

“比拉尔……”医生温和地叫着我的名字。

我使劲睁开眼睛，几秒钟后，医生才又慢慢进入我的视线。医生把他厚实的手放在我已下垂无力的肩膀上，我感觉自己的腿发软，快要站不住了。

“你爸爸的日子不多了，一个月，也许两个月。但至少我们可以让他过得舒服些。如果几个月前没有中风，如果那次中风没有让他动弹不得，如果他现在还能活动的话，或许他还有和癌症抗争的机会！”医生皱着眉，无奈地摇摇头说，“有太多的‘如果’了。虽然他的意志很坚强，但是他的身体已经不听使唤了。你去拉吉瓦拉那儿照着这个药方抓药吧。告诉他药费由我来付。

必须今天就去。比拉尔，你在听吗？”

我又一次抬头看了一眼医生，看了看他放在我肩膀上的手，然后微微侧着头，视线越过他，向敞开的家门望去。

“嗯，我在听。”我回答说。声音沙哑而且微弱。

“乖！现在你必须和平常一样，做日常做的那些事，照常上学，让他保持心情愉悦。我现在得走了，但我明天还会来，看看你做得怎么样。如果你有任何需要，就来找我，知道了吗？”

我慢慢点了点头。医生上上下下打量着我，表情还是和往常一样严肃，但是他的眼神更柔和了，就像跟爸爸一起回忆过去时光时的那种眼神。他转身要走，又停了下来，回头看着我。

“你那个哥哥呢？”医生问。

“他来了，又走了……”我咕哝着说。

“我敢打赌，他多数时候都不来。这个该死的家伙，做人那么不实诚。下次我见到他的时候，我会说他的，你别担心。哪有这么当哥哥的！”医生愤愤不平地说完，摇摇头，转身走了。

我默默地注视着医生朝着市场的方向走去，目光紧紧地锁定在他手里拎着的公文包上，直到那黑色的小小正方形物体在我的视线中变得模糊，渐渐消失。我依然像一棵古树般，深深扎根在泥土里动弹不得。有生以来，我第一次那么害怕跨进自家的门槛。最后，我闭着双眼，艰难地走入漆黑的房间。

第二章

我慢慢地走进房间，轻轻地拍了拍黑糊糊的墙壁，冰凉冰凉的；用额头抵上去后，那熟悉而结实的触感，让我心里舒服了许多。爸爸常说我们家的房子两份是土，两份是水，还有两份是美好的愿望。对我而言，家是身心栖息的港湾：在那里有爸爸一直在等我，在那里有爸爸解答我所有的疑惑。

我心里明白，那只不过是一间小小的土坯屋，可那里却是我的家啊。不过小屋的确有一个令人难忘的特别之处：屋内有个大约三本书那么宽的隔板，将房间一分为二。那隔板完全是由旧书堆砌而成，上接天花板，下至地面。曾几何时，小屋的隔板成为小镇居民传颂的“奇迹”，许多人都不曾在任何地方一下子见过这么多的书。

经爸爸一番指导后，我开始充当造访者的向导，给大家介绍各种书籍，参观结束，还会为他们背诵几首泰戈尔的名诗，末了向大家鞠躬致意，再将这些刚刚长了见识的人从前门送出去。爸爸总是说：“儿子，人人都应接受教育、欣赏文学。自己享有了，就不能剥夺别人这方面的权利。”说完这话，他时常会引些诗歌佐证他的观点。

我接受文化教育始于学校，却在家中得以继续。有的时候，我觉得懂的东西太多了，生活反而有些沉重。若是只为生存，适当掌握一些基本技能就够了，比如知道去哪里获取饮用水，怎样缝补衣服，或该跟谁交换东西以保证一周不会饿着肚子，等等，那才是真正日常实用的东西。没有人愿意拿东西换书。真的，我试过，通常的回答是:“书又不能当饭吃，不是吗？”人们无法理解语言文字和书籍会带给他们难以想象的富有的精神生活，这让爸爸感到异常诧异。即便是我，也无法深刻理解他的意思。但是，爸爸就是那种爱书胜过一切的人。只要给他本好书，爸爸就可以连续数日不洗漱、不说话，甚至不吃饭，直到读完全书为止。

历经四十年的心血，爸爸才收集到他视为珍宝的这一墙书。每一本书都凝结着爸爸执著的爱。为此，他做过买卖，出过苦力，也舍命抢救过稀有版本，认真修补过遗漏页码；更有甚者，他曾不惜自尊乞求过人，也曾不顾微薄收入，慷慨买书。每当夜深人静的时候，我常常发现爸爸只系着一条缠腰带，坐在书墙旁聚精会神地看书。听到我趿拉着鞋走路的声音，爸爸才抬起头来，深情地望着我笑起来，那样神采奕奕，笑得那么开心，感染得我也忍不住笑起来。他会说:“过来，你一定要看看这个。”于是，我只好走过去，坐在他身边，使劲撑开打架的眼皮，听他讲千奇百怪而引人入胜的事，这些事发生在世界上的其他地方；还有那些闻所未闻的动物，我甚至不相信世上竟然存在过那样的动物。

此时此刻，小屋内的空气似乎凝固了。我迈着沉重的脚步，慢慢地向躺在床上的爸爸走去。屋里又冷又暗，因为阳光无法透过狭小的窗户照进房间。爸爸的床很低，紧贴着书墙摆着。那张床上有我许多许多难忘的回忆。我常常听他大声读着旧书里摘取的用陌生的语言写成的文章，我不大能听懂。有的时候，我听着听着，就在爸爸的读书声中睡着了。偶尔还会做些不可思议的梦，在梦中，我会到达那些从未去过的地方，身边都是些未曾谋面的人。用爸爸的话说——在书中，你可以体验到千姿百态的生活，还可以经历惊心动魄的冒险。

肚子仍在隐隐作痛，我深吸一口气，用手按在胃部，把痛感强压下去。我缓步走到小凳前——这屋里除床以外唯一的家具便是这个小矮凳了，平日里，我坐在上面读书给爸爸听。我拿起小凳，放到爸爸床边，坐了下来。

我静静地看着睡梦中的爸爸，由于呼吸不顺畅，他胸口剧烈地起伏着，不时还急促地大口喘息，不住地咳嗽。爸爸剃得很短的头发几乎已全然变白，头顶上的发丝少得依稀可见头皮。我跟爸爸一样，有深棕色的眼睛、高挺的鼻梁和栗色的皮肤。汗珠顺着爸爸的额头流到他蜡黄的脸颊上，沾在已经斑白的粗糙的胡楂上。他睁开眼睛，显得很是虚弱无力。我已不是第一次看到他这种状况了。爸爸的眼睛周围是大大的黑眼圈，让我想起一本旧百科全书上熊猫的图片。

爸爸冲着我笑了，脸上布满了皱纹。他风趣地称之为“断层线，是地壳独有的裂痕在人脸上的体现”。我理解不了他话中的深奥道理，不过那皱纹是再寻常不过了。爸爸挣扎着坐起来，使劲拖着虚弱的身子想要坐直。我只能紧张地坐在那里看着，却不敢伸手帮忙，因为爸爸讨厌这样的关心。他将自己支撑起来，一双明亮的眼睛直视着我。

“跟医生谈过了，对吧？”

“对。”

“比拉尔，爸爸会好起来的。”

“我知道。”我心里却在想：濒临死亡怎能说好啊？

“你也会好起来的。你得给姑姑写封信，好做些安排。”

“您别操心了，我会写的。”我真不想去姑姑那里住，这儿才是我的家。

“斋浦尔是个美丽的地方，姑姑会好好照顾你的。还有，你可以顺便了解斋浦尔的历史，儿子……我都有些羡慕你了！”

“爸爸，放心吧，都会安排好的。”我才不会对斋浦尔有兴趣，也不关心它那乏味的历史；没有了你，我不会过得开心的。

这个话题到此为止，无需再多说什么。恶毒的疾病正在由里及外地吞噬着他，对此他却只字未提。

“儿子，今天有啥新闻？那帮贪心的家伙还没讨论出个结果吗？”

我僵硬地坐在那里，一言不发，因为我知道他接下来会说什么。

“那群人，简直就是鹰身女妖。他们就是不明白，对吧？印度的命运岂能任由几个人摆布？他们聚在一起，围着一张地图，像小鸡一样为了得到最大一块食物唧唧喳喳地争个不休，这简直是可笑至极。他们尽管去谈论自己想要的东西，哪怕一直谈到地老天荒。我才不在乎他们争什么呢，我关注的是我们的祖国母亲印度纠正他们的错误。比拉尔，看看你的朋友们，他们有谁介意过我们是穆斯林吗？还有，我们在很多场合都和卡塔一家坐在一起吃饭，难道就因为是印度教教徒，我们就该讨厌他们吗？再看看曼吉特一家人，在你出生前我就认识他们。我还参加过他爸爸的婚礼呢。他们信奉锡克教。我们拥有相似的血统，而且有很多地方都是共通的。差异难免总会存在，但更多的共同之处已将我们紧紧地拴在了一起。印度永远不会破裂，也永远都不会被分割。他们是否以为类似的事情以前没发生过？他们是否以为我们从未濒临崩溃分裂？他们把印度视为一摊烂泥了吧？任凭他们随心所欲地蹂躏，以满足卑鄙的占有欲？过去，我们遭遇过这种痛苦，现在还得再次忍受。但是，那些贪婪之徒，那帮恶棍，包括那些打着只是暂时来访的幌子却赖着不走的英国人，不要妄想击垮印度的脊梁。至少在我有生之年他们休想得逞！儿子，他们想也别想！”

我从未见过爸爸发这么大火，他的身体因为愤怒不停地颤抖着，他的眼睛犹如一潭乌黑的墨，一眼望不见底，令我不敢直视。我真想告诉他：“爸爸，你错了！”就在昨天，我和萨利姆一道在市场上，听了无线电广播，尼赫鲁总理谈到分割计划，也描绘了他们即将创造的新世界，完全置人民大众的意愿于不顾。他们怎么能那样做？他们拿出张地图，毫无任何不舍地说：“这里是分界线，自己选择你要在哪边吧。”分割国土如同切东西，把一张粗糙的纸平铺开来，稳稳地从中间剪开。唯一的区别在于，只要一刀切下去，不管再怎么缝补，这块东西也不可能修复完整了。

爸爸将近一个月没出过屋门了。他不曾看到躁动的人群、市场上弥漫的紧张气氛，还有老人们围在一起争论不休的情景。

去年，这里还发生过动乱和暴力冲突。不过后来渐渐得以平息，生活也暂时恢复了往日的正常秩序。然而自从分割计划公布之日起，一切都变了。全国各地暴力事件频频发生，暴徒们烧毁民房、戮杀妇女儿童，各个政党则忙于招募新兵相互厮杀，进一步壮大自己的势力。印度就像爸爸一样患上了不治之症，正由里向外被疾病一口一口地吃掉。

跟医生谈到爸爸的状况时，我的胃就开始剧痛，现在由于焦虑而几近痉挛。我使劲闭上眼睛，咬紧牙关，强忍疼痛。心想爸爸怎么就感觉不到呢？一切都变了，所有的事情都已面目全非了。印度就要接受磨难的洗礼。我真想冲爸爸大喊："我根本不关心什么印度，什么政客，什么贪婪的人或其他诸如此类的任何事情。我只在乎你！"可我不能那样做。我默默地走到爸爸床前，紧紧抱住他，挨着他躺了下来。过了一会儿，我听到他轻微的鼾声，便轻轻松开他环绕在我身上的双手。看着睡眠中的爸爸，他显得那么安详。

我始终把分裂计划这一消息瞒着爸爸。考虑到他的病情，我觉得这个消息会要了他的命。现在我明白：从许多方面来讲，这一消息带来的后果要比预想的严重许多。它会让爸爸心碎欲绝的。

就在那一刻，我清醒地意识到自己该做什么。不管将来会发生什么，也不管别人说些什么，我都要保证我可怜的爸爸对外面世界发生的事情一无所知。即使大家做了最坏的打算，印度正面临着一场巨变，就像一场空前的季风侵袭，一旦发生，一切都将随之改变——这一切的一切对于爸爸来说都无关紧要。我发誓：爸爸临终前不会知道任何真相。闭上双眼时，他依旧会认为印度仍是他记忆中的那样，永远都保持那样。就在那一刻，我决定撒谎！放松双肩，我准备离开。

“比拉尔。”爸爸的声音嘶哑而低沉。

“怎么了，爸爸？”

“我要的甜瓜呢？”

我转身离开小屋，走向明亮的屋外，咸咸的泪水刺痛了我的面颊。

第三章

我走出小屋，外面的阳光很刺眼。我最亲密的三个朋友都在那儿站着，脑袋耷拉着，围成半圆，正等着我。我明白，他们之前肯定在等医生经过茶摊，好追上去问问爸爸的病情；我也知道，医生肯定什么也没和他们说，但他们现在也应该猜出个大概。我什么也不想说，真的，至少现在不想说。我走过去，和他们围成一个圈，低头看着脚，呆呆地站着，一句话也不想说。

站在我左边的是卡塔，他是我们四个人里年龄最小的，却是最勇敢的一个。如果我告诉他，死神正在慢慢逼近爸爸，我们绝不会让它把爸爸从我们身边带走，卡塔一定会在手掌上呸呸两下，握紧拳头，时刻准备战斗。我的右边是曼吉特，个子很高，却瘦得皮包骨头，一条鲜艳的橘红色方巾紧紧地扎在头上。他沉默寡言，只在必要时才会开口。但和他在一起，不管我们说不说话，我都会感觉很舒服。最后，站在我对面的是萨利姆，头发总是凌乱不堪。我们形影不离，许多人都以为我们是亲兄弟呢。爸爸经常说："你们两个，好得快穿一条裤子了。"他说得没错。因为，通常情况下，我们两个只在不得不回家的时候才分开。

我们几个小伙伴围成一个圈，一直低头盯着各自的脚，呆呆地站了好久。最后，我抬起头，他们几个也跟着抬起了头。在他们脸上我又看到和医生一样的痛苦表情。如果我想要完成我的计划，实现我的誓言，我需要他们的帮助。

我把想法告诉他们后，他们沉默了片刻。我先前以为他们会竭尽全力说服我这样做是不合适的，但是他们都只是低着头，一言不发。然后萨利姆把手放在我肩上，点头表示赞同。

“兄弟，我们都明白，我们会帮你的。”

听到这话，我知道什么都不用说了，因此大家一起来到我们最喜欢的制高点——一间废弃的老房子，现在用来存储晒干的辣椒。站在这儿，整个市场都尽收眼底。我捡起一根小木棍，在地上随手涂鸦。

“你们都知道，人们经常去看望我爸爸，并告诉他最近发生的事。”我说。

“所以啊，他总能收集到好多有趣的故事，而且……”卡塔看见我正生气地瞪着他，就赶紧闭嘴了。

“不管怎么样，从现在开始，我们必须阻止任何人去看他。”我十分坚定地说。

“什么，任何人？”曼吉特吃惊地问。他一直都很安静，不过这会儿有点按捺不住了。

“对，所有人。”

“他可能会通过其他渠道了解这些事。”曼吉特提出。

“他喜欢看报纸。”萨利姆说。

“他有段时间没看报纸了，所以这个我们以后再说。”我解释道。

“但是如果他突然想看了，那时怎么办？”曼吉特担忧地问。

“真遇上那情况，到时我们再一起商量解决办法。”我双臂交叉抱在胸前，有些焦躁不安。

萨利姆像往常一样把我们聚集在一起抱成一团，他的胳膊抱紧我的肩膀。我充满感激，冲着他笑了笑。

“好了，告诉我们该怎么做吧。”

我重新拾起木棍，开始分配任务。

“这样，明天，卡塔你别去学校了。”我用棍子指着他说。

“那我去哪儿？”卡塔一脸疑惑地问。

“你就站在这儿的屋顶上，密切关注着我家，看有谁要去看望我爸爸。从这儿你可以看到所有通往我家前门的街道。一旦发现有人靠近我家，就立即跳下来往教室的窗户上扔石头。”

“然后呢？”萨利姆问。

“然后，你或者曼吉特在教室转移大家的注意力，而我趁机溜出去，截住那个要去拜访的人，找一个不让他们去的好借口。”

小伙伴们都明白了自己要扮演的角色。卡塔不去学校，正好遂了穆克吉先生的心意，因为他上课总睡觉，而且鼾声如雷。曼吉特和萨利姆也能演好自己的角色。而我早已想出了上百条理由来阻止人们去看望爸爸。所以我相信，事情会进展顺利的。太阳渐渐落下去了，我们看着市场休市，又一天结束了。这么长时间以来，我们从未像今天这样安静过。

第四章

第二天，像往常一样，我穿上补好的校服，然后和爸爸吻别。他给了我一个拥抱，咕咕哝哝地说了句什么，我没太听清。收拾好课本、文具，我拿起书包就出了门。我一路上踢着石子，走到学校时，脚趾开始阵阵抽痛，但我没去理它。身体上的疼痛正好可以分心，能更好地帮我掩饰内心深处真实的想法。穆克吉先生站在教室门口，等着一个个迟到的学生，负责地把他们带进去，他催促我赶紧进教室。我回头向远处望了一下，想到卡塔正走在去屋顶的路上，笑了起来。对他来说，今天会是漫长的一天，但我相信，卡塔不会让我失望。

进教室时，我刚巧撞上曼吉特。我俩诡秘地咯咯笑个不停，然后走到教室靠后一排的垫子上坐下。萨利姆坐在比我们靠前几排的位置，他转身看到我俩肩并肩挤进教室时，便向我们眨眨眼，使了个眼色。前段日子，当地市场的商业协会曾捐给我们一批课桌，但上个月全被偷走了，我实在想不明白小偷拿那十五张课桌能干什么。

穆克吉先生站在教室前边，抬起双手示意，我们立刻就安静了下来。

“今天，我们进一步学习关于脚下这片热土的光辉历史，了解它如诗般的过去，杰出的作品和成就这些作品的非凡的人们。”

我轻轻地叹了口气。这是穆克吉先生最喜欢上的一门课——诉说印度的伟大和它美丽的过去。**我心想，那它美好的现在和未来又在哪儿呢？**我抬头看着穆克吉先生。金属眼镜腿紧紧地环绕在耳朵上，镜框架在鼻尖上，穆克吉先生每当想到印度光辉的历史，两眼就会炯炯有神、充满活力。他每天都穿着同一件红色的天鹅绒背心。一块银制的怀表，用链子穿起来，塞到衣服前边的口袋里。爸爸觉得他像极了《爱丽斯漫游奇境记》里的那只兔子，因为他总是喜欢边看着怀表，嘴里边喋喋不休地说些什么。想到这里，我不由得笑了笑。穆克吉先生立刻直直地盯着我。

“比拉尔，你觉得我们国家光辉的历史有那么可笑吗？”

我不好意思地在座位上扭了扭身体。曼吉特得意地在旁边用胳膊肘捅了我一下，我也“回敬”了他一下。

“老师，没有。我觉得那是一段最了不起的历史。”我回答道。

“很高兴你能这样想。那你站到前边来为我们大家背几首诗，好吗？”

“不，老师。我的意思是，没问题，我愿意。”我有点语无伦次，赶紧站了起来。

穆克吉先生慢慢地向我走来。他的双腿很长，整个人像塔一样站在我们跟前。他的两只大耳朵，像极了兔子的双耳，会时不时地抽搐几下。他转向全班同学，微笑着问大家：“那今天，大家想听比拉尔为我们背诵什么诗啊？”

我听到一阵闷闷的笑声，然后，有人提议：“儿歌《阿鲁·波拉一土豆说》。”

穆克吉先生十分生气地瞪着全班同学，显然没想到他们会建议我背诵一首童谣。然后，他转身看着我。

“你认为该背什么诗？比拉尔。”

我环视一圈这间小小的教室。在这里，挤着近四十位同学。我们中的大多数甚至连笔都没有，有至少一半人不靠别人救济就读不起书，还有很多人可能都读不到毕业。无论过去有多么辉煌，都与现在的印度毫不相干，现在的印度，人们只是在勉强地生存下去。

“老师，我可以开始背了吗？”

穆克吉先生看着我，笑了笑。他是个很不错的人，他也知道爸爸在家会教我很多东西。他经常会让我留下，给我看一些他自己写的诗或其他作品。穆克吉先生是全镇唯一的老师，除了爸爸，没有人能和他讨论他的作品。不管我的心里在想什么，此刻我不想让他失望。

“当然了。比拉尔，开始吧。”

我清了清嗓子，就像爸爸告诉过我的那样，背诵任何东西前都要如此，然后开始：

在那里，心是无畏的，头也抬得高昂；

在那里，知识是自由的；

在那里，世界还没有被狭小的家国的墙隔成片段；

在那里，话是从真理的深处说出；

在那里，不懈的努力向着“完美”伸臂；

在那里，理智的清泉没有沉没在积习的荒漠之中；

在那里，心灵是受你的指引，走向那不断放宽的思想与行为；

进入那自由的天国，我的父啊，让我的国家觉醒起来吧。①

背完之后，穆克吉先生满意地冲我微笑。“即使是泰戈尔本人听了这样的背诵，也会为你感到骄傲的。”说罢，还轻轻拍了拍我的后背。

几乎是在我刚刚学会说话的时候，爸爸就教会了我读那些诗句。以前我一直觉得它们很美很动听，但今天，我却觉得那些诗句华而不实。

这一天过得很慢。穆克吉先生觉得我们太吵了，于是他决定下午教我们算术，这样我们会安静一点。当他正在黑板上写字时，我听到左边传来一声尖叫，转过头看见小贾马尔正捂着头的一侧。我慢慢地挪到他身边，抓住他的胳膊。

“发生什么事了？”

“有个东西击中了我的头。”他绷着脸愤怒地说，一边还不停地揉着那半边脑袋。

我开始用手在周围摸索着，想要找一块石子，顺手推开那些挡道的同学。贾马尔以为这是一种游戏，便立即跳到了我的背上。曼吉特以为贾马尔是要揍我，随即跑过来跳到了他的背上。至于萨利姆，因为喜欢算术，此刻正专心致志地听课呢，直到

① 选自泰戈尔诗集《吉檀迦利》，此处取冰心译本。

有人拍了拍他的肩膀，他才转身。可就在这个时候，大块头苏拉基跳过来压住了他，差点没把可怜的萨利姆压扁。此时此刻，全班同学都觉得叠罗汉游戏要比学算术有趣多了，便一个接一个地跳上来，整间教室就像一个池塘，里面蹲满了跃跃欲跳的青蛙。而我，此刻还被压在这个人堆的最下面，仍在努力找寻石子。猛然间，我看到了一块石子，便使劲地扭动身体，慢慢地从那个不断增高的人堆中挣脱了出来。

曼吉特看到我正向门口移动，便冲我点点头。他在等我溜出门的一刹那，好大喊一声，吸引穆克吉先生突然转身。这时，曼吉特笑了笑，跳到了苏拉基的背上，而苏拉基又把可怜的贾马尔死死地压在身下。穆克吉先生冲着全班大喊一声，想要制止，可现在，已经没有什么能控制这群疯狂的“青蛙”了。我趁机轻易地溜出了教室，而且很放心，知道自己不会被发现。

我向着小屋的方向，全速奔跑着，半路上碰见了卡塔。他突然刹住脚步，高兴地冲我咧着嘴一个劲地笑。我们两个都弯着腰，双手紧紧扣在膝盖上，像小狗一样大口大口地喘气。

“怎么了？”我问道。

卡塔大口大口地吸气，还不停地咳嗽。他又偷偷地抽烟了！我无奈地摇摇头，走过去，轻轻地揉了揉他的背。过了一会儿，他终于直起了腰。

“是拉吉瓦拉，那个卖药的。他正朝你家走呢。”

我让卡塔返回屋顶继续蹲守，我则继续往家跑。当我追上拉吉瓦拉的时候，他离我家还有一街之隔，我一下子跳到他面前，着实吓了他一跳。

“比拉尔！你在这里做什么？”

“我？我正要去找你拿药啊。你不记得了吗？”我满脸堆笑着说道。

拉吉瓦拉看起来有点疑惑，鼓了鼓双颊，说道：“我以为我们说好，我去你家送药，顺便告诉你爸爸吃药的时间和方法啊。我记得是这样的。”

“不对，不对。你说你要把这些事告诉我的，还让我今天的这个时间去找你拿药。如果你去送给我爸爸，他可能会忘了吃，你知道，他现在很健忘的。”我仍然保持着一脸的笑容。

拉吉瓦拉皱起眉头，然后耸耸肩。“好吧，反正我还得去其他几个地方送药，就把药给你吧。你冲药时，记得要把药粉和水调成糊状，保证你爸爸每天吃三次。有任何问题，你随时可以来找我。”说罢，他转身向市场走去。

此刻，我放下了摆好的笑容，脸上露出真心的笑意。往回走的路上，我经过屋顶，一抬头，看到卡塔正冲我微笑。我竖起两个大拇指，冲他做了一个胜利的手势。卡塔坐在屋顶的边缘冲我挥手示意，一不留神差点儿掉下去，好在努力地控制住了自己，又咧着嘴冲我微笑。我的计划进展顺利！关键是有这几个好朋友帮忙。对我来说，他们就是我的整个世界。

第五章

那天晚些时候，我们几个都爬到屋顶上聚集。太阳要落山了，最后几辆毛驴车正在装货，人们将踏上返回各自村镇的旅途。一天之中我最惬意的时光，就是像这样坐在屋顶，看着市场慢慢安静下来，听着市场上喧闹嘈杂的叫卖声渐渐消失。在这里，你会亲眼目睹市场上的商贩整理货物、打包离去的速度有多快，效率有多高。爸爸曾经告诉过我，每一个小摊都是由父亲传给儿子，代代相传下来的。而且，好多摊位是从两百多年前市场形成的时候就由一个家族世代经营的。我经常会琢磨这事，现在我只有十三岁，对我而言，十三年似乎已经很漫长了，两百多年的岁月，听起来太可怕了，我想都不敢去想。我现在甚至不会、也不愿意去提前考虑两天后的事情。去年，爸爸身体还好的时候，我曾憧憬过自己的未来，跟着爸爸一起做一个市场的管理人员，那应该是份最令人兴奋的工作。每天你可以见到来自四面八方的人们，大家也都认识你，而且他们还会请你去解决关于贸易、钱币，甚至是与当地人之间的一些纠纷。爸爸和爷爷以及爷爷的爸爸都是做这个工作的，所以，我注定也会成为一名市场管理员。

可现在，爸爸就快不行了，谁来教给我那些我该学会的本领呢？我摇摇头，不想再去想那事，但大脑还是很固执地忍不住要想。我还能在这里管理市场吗？对我来说，没有了爸爸，就没有了“这里”。四年后，这个地方还会不会有人记得我都说不定，更别提两百年后了。胃部那股痉挛似的疼痛再次席卷而来，我疼得弯下腰，攥紧了拳头。

“比拉尔！比拉尔，你没事吧？”

曼吉特和萨利姆站到我跟前，一脸关切地问道。我努力睁开双眼，只看到夕阳的余晖下，映出了曼吉特的鲜艳橘黄色头巾的轮廓。他抓紧我的胳膊，把我扶了起来。

“我还好，还好。就是有点儿累了。”我有气无力地说道，“卡塔，别抽烟了，过来！”

卡塔看上去有点不好意思，掐灭手中的烟头，走了过来。

我们几个都蹲了下来。我打开了一包芒果，那是我用几支铅笔和萨塔姆换来的。曼吉特拿出一把小刀，把芒果切成片给我们吃。卡塔动手抓了一个芒果，吸着一头吃起来。萨利姆打了下他的耳朵，曼吉特见状，无奈地摇了摇头。卡塔总是喜欢抢东西，特别是那些本不属于他的东西。

“整个计划进行得实在太顺利了，就像做梦一样。不过我离开教室之后，又发生什么事了呢？”我急切地问他俩。

萨利姆和曼吉特相互对视了一下，哈哈大笑起来。然后，无需提示，他们开始往对方身上跳去。没有一个人愿意被落下，卡塔叼着芒果，猛扑到那两个扭成一团的人身上。他一把抓住曼吉特的包头巾，将它扯了下来。我站在原地看了他们一会儿，耸了耸肩，然后也加入他们的行列，跳到萨利姆身上。夕阳落山之际，小镇上的人们只要抬头往这个屋顶上望，就能看到四个高矮不一、脏兮兮的男孩，他们骨瘦如柴，尖尖的胳臂肘，皮包骨头的膝盖，正扭成一团，像疯子似的咯咯笑着。一条长长的沐浴着阳光的橘黄色头巾，把他们紧紧地系在一起。

第六章

尽管我担心过卡塔会打盹，错过那些到我家的人，好在计划安然实施了一周，没有出现任何异常状况。卡塔经常会在课堂上睡着，哪怕周围的男孩子你推我搡、吵吵闹闹，他也会照睡不误。对此穆克吉先生也是睁一只眼闭一只眼。我想穆克吉先生也说不清卡塔哪种状况更叫他头大：是醒着手脚不停的他？还是别人朗诵泰戈尔诗歌时，鼾声如雷的他？

一天晚上我把我的担心告诉卡塔，他说我根本没必要担心。他在屋顶上从来都睡不着，因为市场上总有事情在发生——有人大喊大叫，或者偶尔可以偷听别人的谈话。而且他总拿着木头削。从屋顶上这一高处，正好可以看见墓地上的斗鸡表演。我们都知道斗鸡是鲜血淋漓非常残忍的。卡塔的叔叔就组织过几次斗鸡表演，但我们都不敢去看。到现在我们还没去看过。

卡塔还像往常一样，高高地坐在屋顶的边缘，两条腿很自然地垂悬在两边，嘴里嚼着一根稻草。他一个人在那边观察着，我们三个便开始玩扑克牌。从市场上飘来的香料和熟肉的阵阵香味，让我们心驰神往。我正犹豫该出哪张牌，却听到曼吉特的肚子很大声地咕噜咕噜叫了起来。萨利姆捧腹大笑，手里的牌都掉了。

“听起来你肚子里好像困着一只饥饿的老虎，曼吉特！”我咯咯地笑着说。

“更像一只咆哮的虎崽子。”萨利姆插了话。

“你们尽管笑吧，实际上我一整天都没吃东西了。”曼吉特摸着肚子，轻轻叹了一口气。

“刚才你不是吃了芒果吗？”萨利姆反问。

“还有上课时你吃的那两个薄煎饼。”我说。

“别忘了，我还给了你一个石榴。”卡塔在我们后面说。

萨利姆又大笑着把牌掉到了地上。

“好吧，我是吃了点东西，”他自己承认了，“萨利姆，轮到你出牌了。”

萨利姆从地上捡起牌，眯着眼睛仔细看了看。接着他咧嘴一笑，大喊：“我赢啦！满堂红！”他将牌高高举起，好让我们看个清楚。

曼吉特看了看我，做了个鬼脸。

“等一等！”我说。

“萨利姆，你不能拿到那么好的牌，你上一把牌……”曼吉特开始说话了。

“你们在说什么呀？不管怎样，你俩都欠我一个芒果。不管啥品种，只要熟了，而且好吃多汁就行。”萨利姆说。

“等一下。”我边看萨利姆脚下边说。

“怎么了？”萨利姆问。

“你鞋底下是什么？”我问。

“你把牌掉到地上的时候……”曼吉特边说边把萨利姆的脚用力地踢开，露出了一张牌。

“曼吉特,按住他,我找根竹棍来揍他！”我边说边站了起来。

曼吉特一把抓住萨利姆，开始挠他。

“哎哟！一定是从盒里掉下来的。我没捣鬼。哎哟，曼吉特，别挠我了，你这个大坏蛋！”

曼吉特和我坐在萨利姆身上，曼吉特还在挠他。

“哎哟，下来吧！曼吉特，你比驴子还重！快下来！”

我俩开心地大笑着，开始捉弄萨利姆，在他身上弹跳，一会儿站起来，一会儿坐下。

卡塔突然打断了我们。“嘿，市场老远那边好像发生了什么事。静一静！”

曼吉特和我走到卡塔身边，从屋顶上望过去，在昏暗的光线中我们看到有一伙人正聚集在市场边缘的一小块空地上。

“他们好像都蒙着脸。你认为他们在干什么？”曼吉特问道。

这伙人挤作一团，显然正在激烈地讨论着什么。

“我不知道，肯定不是什么好事。”我说道。

“那我们下去看看！”卡塔说着，人已经站在台阶上。我们还没来得及阻止他，他已经三步并两步地蹦下去，朝那边飞奔过去。

“这个家伙……现在该怎么办？”萨利姆焦急地问。

“我们必须跟着他，要不然他一定会捅出大娄子。”我说。

曼吉特第二个下了屋顶，他的腿很长，几步就飞下台阶。萨利姆也跟着下去了，我紧随其后。我们一起向横七竖八迷宫似的街道跑去。我们只能辨清一个瘦小的身影在前面的巷子穿来穿去。追赶你熟知的人有一个好处，就是你知道他可能要走的路线。住在镇上的人都知道去市场的捷径。曼吉特追赶卡塔，尽管道路迂回曲折，但是他却能做到准确无误。萨利姆和我绕行到另一个拐角时，撞见了曼吉特。他已经拦下卡塔，两人紧紧贴在一起。他们将我们拉到背光处，暗示别出声。

窃窃的谈话声从市场那边断断续续地飘过来。我们还是离得有些远，听不清他们在说什么。我从卡塔面前走过，示意他跟我走，在背光处继续前进。那些人选的地点着实隐蔽，要不是我们屋顶上特有的地理优势，压根就不可能发现他们。市场后面有块狭小的地方，是用来倒垃圾和卸载货物的。我们后背紧贴着墙，一边拖着脚慢慢往前走，一边专注地听他们的谈话，因为此时声音渐渐大了起来。

“我说，我们烧掉它，给他们点颜色看看。”

“烧掉？是不是有点过分了？”

“你这个蠢货！那可不是随便说说的。”

“那我们砸几样东西，然后再在这地方制造点混乱，怎么样？”

此刻，我们就藏在离那片空地入口处最近的一堵墙的墙根下，能听得清清楚楚了。卡塔站在我身边，显得有点不耐烦，总想把头伸出去看一看墙的那一边。我用胳膊紧紧拽住他，努力听那些人还说了些什么。

“走着瞧，我们必须让他们知道我们不是好欺负的。越快铲除这些穆斯林败类，对我们就越有利。他们一直在整个印度不断地杀害我们印度教的兄弟姐妹，我们一定要为他们报仇。”

我吃惊地睁圆了眼睛，转过身想看看是不是只有我一个人听到这样的话。但是，他们惊诧的表情告诉我，他们也都听到了。萨利姆拼命地朝我打手势，想抓住我的手。卡塔挣脱了我，把头伸到拐角外面。

那边压低了声音，但交谈仍在继续。

“你确定我们非这样做吗？我可从没放过火。”

“这不难，对吧？把一小块布浸泡在汽油里，再塞进瓶子，点燃后扔进去，就可以了。就这么简单。”

“如果有人在里面怎么办？”

“就像我刚说过的，我们今天聚在一起就是要讨论给他们点颜色看看的。没有什么比烧焦的尸体更能表明我们报仇的决心了。”

*把人活活地烧死？*一想到这儿，我就感到恶心，我的胃又开始抽搐。*这不是我们该待的地方。*

卡塔把脑袋缩了回来，我们一动不动地站在那儿。那边的声音比低声细语略高一点点。萨利姆已经忍无可忍，拽着曼吉特后退了几步。我举起手，示意他先等一下。我想，*如果我们能探听到他们准备烧什么，或烧死谁，至少我们可以事先去给那个人提个醒。*

我探出脑袋去听，结果听到的却是模糊不清的声音，这伙人似乎要离开了。卡塔在我后面不停地蠕动，我抓住他，叫他别动，但是他却继续挣扎。我有些沮丧，于是转过身，就在此时发现他要打喷嚏。说时迟，那时快，我立刻捂住他的鼻子并紧紧地捏着。他赶紧捂住嘴，一个无声的喷嚏打了出来。慢慢地他放松下来了，笑着举起双手。我还没来得及拦他，突然他又把头往前一伸，紧接着猛地打了个急促响亮的喷嚏。我们一下子都吓呆了。此时那边忽然传来声音，萨利姆惊恐地看着我们。

“什么声音？”

“谁在那儿？”

听到脚步声向我们靠近，我将卡塔推向曼吉特和萨利姆，大声催他们：“快跑！”

像冲刺一般，我们几个狂奔着钻进了迷宫般的街道。

第七章

我们听到身后传来刺耳的诅咒谩骂声，继续往前跑着，先是向左拐，接着往右拐，直奔我们的聚集点——那座屋顶。但是我突然意识到我们几个不能都去那儿。我们要想摆脱追赶的人，必须要分开。卡塔跑在最前面，我使劲拉住他的衬衫，他才停住。曼吉特和萨利姆几秒钟后赶到，停住脚步，喘着粗气。

“我们必须分开。如果大家分头跑，他们想抓住我们就没那么容易了。卡塔，一有机会你就爬到屋顶，然后待在那里别动。萨利姆，你朝相反的方向跑。曼吉特，你尽可能摆脱他们。不过他们似乎比我们大不了多少，所以如果有人抓住你，你就狠狠地打他一顿，然后跑回家。”

“你确定我们分开更好吗？”萨利姆问道，“你怎么办？”

“我会没事的。大家行动吧！”

我们一起从隐蔽处出来，用最快速度朝前面的出口跑去。就快要跑到出口时，身后的叫骂声又渐渐逼近，我们立刻四散跑开。曼吉特向右手边跑去，萨利姆转头向左边飞奔，而卡塔，早已消失得无影无踪了。

我跑过出口，又转过好几个弯，然后停下来，听听后面是否有人追上来。盲目地向前瞎跑只会让自己晕头转向，而且我还没搞清楚后面是否有人追。我蜷着身体躲进旁边一个壁龛里，弯着腰，双手用力地支撑着膝盖，大口大口地喘着粗气，周围一片漆黑。气息平定后，我又站起来，竖着耳朵听外面的动静，静等了片刻。什么声音都没有。**他们或许去追别人了**，我心里暗自嘀咕。正准备离开壁龛的时候，外面传来一阵沙沙的声音，接着，话声响起：

“小仓鼠，跑哪儿去了？我看见你躲在这儿。我们看到你们分开跑了。你那帮狗朋友现在说不定已经被我们的人给捉住了。你在哪儿？我知道你就在附近。你不会真想像只老鼠一样，一辈子都躲躲藏藏地过日子吧？”那声音里满是嘲讽的味道。

我摸着身后的墙壁，站在那里非常紧张，一动也不敢动。**快想个办法，比拉尔，快啊！**

“出来吧，小仓鼠！我可有点不耐烦了。如果你自己出来呢，我兴许还会对你网开一面，要是被我抓到了……”

声音渐渐转移到了右手边的入口处，我知道机会来了。

“出来，快点出来！你个胆小鬼。我给你带了点儿好吃的来。你把原本简单的事情弄得这么复杂，所以，我有好东西犒劳你。小仓鼠，我要烧死你，让你好好尝尝烟熏火燎的滋味……”

没等他说完，我像离弦的箭一般，向着左边一个黑乎乎的出口狂奔而去。这边横七竖八的小巷更密集，但我对这片很熟。我还能听到挑衅的咒骂声从身后不断传来，不过感觉越来越远。我知道，我又为自己赢得了时间。

这不算完。我看到你跑哪儿去了，迟早我都会抓住你的！

此时，巷子里黑糊糊的，空无一人。我也辨不清所听到的声音到底是来自我头脑中，还是那人就紧追在我后面。那声音在骂我，让我忍不住要回头看。狠命急促地吸了几口气，我决定埋头狂奔，一心想跑得远远的，把他甩开。

小仓鼠，我会抓住你的！我就紧跟在你后面。不管你拐多少弯、藏多少回都没有用，我都能知道你在哪儿。

汗水滴到眼中，刺痛了我的双眼。我使劲眨了眨眼睛，摇了摇头。我的耳中只有自己粗重的喘气声。我减慢速度，血液突突地往头上冲，让我感觉视线模糊。如果再不停下来休息，我的腰都要跑断了。因此，我靠墙停了下来，在那里等着。

我站在那里一动不动，眼睛四下搜寻每一处黑暗的地方和巷子入口，看是不是有什么突然的动静。那个人已经来这儿了吗？我听到的不是他的声音吗？我觉得我还得动起来，就慢慢地转过身，走了几步。那是什么声音？有声音正从我的右边传过来。

我大口大口地喘息着，跑进黑乎乎的小巷，并不清楚自己现在身在何方，我四下看着周围的房子和墙壁，想要找到一个熟悉的路标。我精疲力竭地穿过一条条狭窄的小巷，几乎要摔倒在地了，只是迫切地为了找到一个标志。

那个声音再次在我的脑海里响起。哈！你以为你能跑掉吗？愚蠢的家伙。我只是在和你捉迷藏。我就紧紧地跟在你身后！

我朝身后一看，看到那边的暗处有动静。我跌跌撞撞地冲进一条小巷里，和迎面跑来的人正好撞了个满怀。我们两个摔倒在地，摞在一起，我们都就势翻滚了一下，站了起来。我后退了一步，拉开架势，攥紧拳头，咬紧牙关，准备和他干一仗。*我可不是那么好惹的*。

“比拉尔，是我，卡塔。没事了，是我，把拳头放下。”

卡塔朝我走过来，微笑着，晃了晃脑袋。

“那些笨蛋连头瘸驴都追不上。”卡塔咧嘴说道，语气里充满了蔑视，“走吧，我们离开这吧。”

“我们得确保萨利姆跟曼吉特也成功摆脱了那些人。”我提议说。

我最后一次转过头向后看那黑暗的迷宫，我让卡塔走在前面领路，带我走出这迷宫。我自己也尽量摆脱掉那些我确信听到的声音——那跟在我们后面，踩在地上发出的啪嗒啪嗒的脚步声。

第八章

到家后，我先在外面寂静的街上站了一会儿。接着提了一桶水，哗啦哗啦地往脸上泼，又从头上往下浇。水冰凉刺骨，我能感到滴滴水珠顺势往下流。我冷得发抖，赶紧并拢双腿，抱着双肩，缩成了一团。这样太好了。**全身都是湿的，你就烧不着我了。**

我朝着家的方向望去，感觉温暖的灯光正在召唤我，迎接我回家。我进了屋关上门，又有了安全感。突然，我的肚子饿得咕咕叫。这让我想起了先前曼吉特也是这样，那会儿我们还一个劲儿地嘲笑他。这么快一切都变了。爸爸这会儿已经睡着了，我捂着肚子走近他身边看了看。一切都改变了，唯有这里，此时此刻，还和原来一样。**一定要坚持住啊，不能让外面的纷扰破坏了这里的宁静。**

肚子又咕噜噜地叫了起来，我决定去做点米饭。这是爸爸目前唯一容易咽下的食物了，吃别的他就会呕吐。即使是这样，也得我劝，他才肯吃饭。

这是一个宜人的夜晚。我们居住的狭窄街道到处飘荡着烹煮食物的味道。我家对面的安卓姆哥哥家，应该正在火炉上烤着香喷喷的鱼；隔壁的塔丝尼姆姐姐家，肯定正在炒豆子，除了周二要洗头发外，几乎每天她都要炒豆子。她丈夫经常抱怨自己胃都要吃喷火了。爸爸说那是因为塔丝尼姆姐姐从来不认真思考她丈夫不愿外出工作的原因，只是用炒豆子来作为对他的一种惩罚。父亲还说，塔丝尼姆姐姐经常和她的孩子们一起睡在她姐姐家里。每每想到可怜的拉蒂夫哥哥生活在“毒气”里，我们便会咯咯笑个不停，父亲还会捏着鼻子，做出一副忍受不了的怪相。

晚上，我喜欢跟爸爸待在一起，虽然近来他总是很容易疲劳，我还读东西给他听的时候，他就睡着了。爸爸现在讲故事时时常会结结巴巴的，我总是尽力假装没注意到，不过他还是总生自己的气。每当想到自己把一个故事讲得很糟糕，或者想不起来内容，或者思路跟不上，他就会生气。现在，他要是问我想不想听故事，我就故意让他讲个短的，那样他就能够讲完，然后我就给他读书，读到他睡着为止。即便如此，爸爸仍然是镇上讲故事最棒的人。理由是，他从来不会忘记提醒我，他讲的每一个故事都包含着特别的意义：“听完别人对故事的叙述，这个故事应该留在你的脑海里，思考一番。就像钥匙一插进锁眼里，门就会打开，面前就是你领悟到的所有东西。”

爸爸挣扎着撑起身子坐在床上，让我喂他大米糊。吃饭的间隙他还问起我市场上的事，也问到了医生和穆克吉先生。问我现在老师在课堂上都讲些什么。还有老师是不是还戴着他那块银质的怀表（爸爸经常问这个问题），我告诉他老师依然是时不时地看看他的怀表，嘴里还念念有词的，爸爸听到这儿就会笑起来。我还说老师的耳朵和童话里兔子的耳朵简直一模一样，爸爸听了笑得差点打翻放在他腿上的饭碗。

我沏了杯香甜滚烫的热茶，然后在皱巴巴的床尾坐下来。热气腾腾的液体在我嘴里打旋，我将晚上的事情回顾一遍。我想要准确无误地记住这一幕，让我的记忆永不褪色、永远刻骨铭心。爸爸曾给我讲过功能强大的照相机，它可以将我们在书本中及报纸上看到的历史事件和瞬间定格下来。这件事给了我灵感。如果人造机器可以做到，那么我们人自身也能做到。心理准备工作就绪，我就眨着眼睛，拍了几张“照片”；拍下了爸爸炯炯有神的双眼，拍下了透过窗户飘进来的饭香，甚至还拍下了拉蒂夫哥哥在弥漫着扁豆烟雾的房间里睡觉的情景。我把这些都拍下来，储存在大脑中。爸爸看着我，问我有什么心事。我没有直接回答他，而是问了他一个久久萦绕在我心头的问题。

“爸爸，命运是怎么一回事？你信命吗？”

几天前，在课堂上，穆克吉先生解释说，命运是我们人类无法掌控的。然后他问我们：“是不是我们的生活，事先都已经被安排好了？如果是这样的话，是不是就意味着我们只能束手无策地坐在那里，任凭命运的摆布？”

爸爸看着我，好像他的头脑里打开了掌控光的开关。柔和的烛光下，他的眼睛就像两颗红宝石在转动，一闪一闪的。他坐在床上，又直了直身子。我几乎都能感觉到能量从他的身体里迸发出来。我握了握他的手，我喜欢他这个样子。他充满了活力，像被点着的烟花，随时准备着冲向天空。

"孩子，让我给你讲一个关于命运的故事吧。"

虽然疼痛扭曲了他的面部表情，但他仍带着单纯的喜悦讲述了下面的故事：

一位商人清早去海边散步，他看到一个人正蹲在沙滩上，装了满满的一杯沙。商人看着他，那个人把杯子里的沙子倒在他身旁的一大堆沙子上，接着又把空杯装满。这个商人走到他身边问他在干什么。

"我是命运之神，"他说，"我正在量今天每个人应得到的食物。"

"你真能量准吗？"商人问，"我向你提出挑战，今天中午不给我午餐，你能做到吗？"

"一定如你所愿。"命运回答说。

商人买了一条鱼，带回家交给妻子，然后继续工作。中午他回到家坐下来等饭吃，妻子把做好的鱼放在他面前。

命运说他会拿走我的午餐，看谁现在还能阻止我享用这么美味的鱼。

他突然大笑起来，妻子以为他在嘲笑她做的鱼样子不好看，就开始责备他。商人顿时很生气，站起来冲出家门。当他冷静下来时，他才意识到这件事情意义所在：那天命运真的扣留了他的午餐。

像爸爸原来教导的那样，我得慢慢把这个故事储存到大脑里。过了一会儿，我看看爸爸，他也在很严肃地看着我。

"这个故事我懂了，但是它的意义何在？"

"指什么的意义何在？"

“努力做任何事的意义何在？既然一切都命中注定，有所作为又怎可能？大家又为什么因此烦恼？”

看见爸爸此时显得特别疲倦，快撑不住了，我就没再说什么，并催促他快躺下。我倒了一杯水放在他床边，把剩下的几根蜡烛吹灭。用手轻轻抚摸着他的头，感觉到他呼吸平稳后，我才回到角落里的那个小床上。正当我要吹灭剩下的一根蜡烛时，爸爸开口说话了。

“意义在于要活下去，孩子，过自己的生活，完成可能的事情，剩下的就交给命运吧。”

我静静地躺在小床上，一阵阵剧痛在体内不断翻涌。我把身子紧紧地蜷成一团，想借此赶走疼痛。命运可能会摆布别人的生活，但绝不会影响我的生活。我要掌握自己的命运，把握自己的事。伴着这最后的想法，我闭上双眼，十分认真地在脑子里把自己拍下的所有记忆照片梳理了一遍。

第九章

第二天一大早，一阵窸窸窣窣的刮擦声吵醒了我。我极不情愿地睁开了一只眼。外面天色还早,我实在不想这么早就起床，但那个声音还在不停地响着，于是，我把眼睛又睁大了一点儿，使自己保持着半清醒的状态。声音戛然而止，我愉快地长吁一口气，又重新闭上了眼睛。

几秒钟后，我感觉有双手放在我身上，猛地惊醒过来。现在我完全清醒了，揉揉惺忪的双眼，我抬头看见我哥哥——拉弗奇正站在我面前。他把一只手指放在唇边，示意我不要出声，摆摆头要我跟他出去一下，然后，就踮着脚尖走到了外屋。我低声咒骂着，无限眷恋地回头看了一眼我的小床，然后抓起我的校服，跟着他走了出去。哥哥突然出现，还一大早叫醒我，肯定没什么好事。

“什么事？”我没好气地问。

他阴着脸看着我，然后掏出一个手卷烟的烟头和一盒火柴，那盒子早已不成样子了。

“你清楚你不能在这儿抽烟的，这儿全是书，会着火的。要是爸爸知道了，他会很生气。出去抽！”

他小声地嘀咕了句什么，只好往外走。突然，他摇了摇头，反手抓住我的衣领，使劲地拽着我出了门，还不停地用手狠狠地拍打我的头。

“放开我，你这头蠢驴。放开我，要不然我咬你。”我咬紧牙关，尽可能地放低声音。

他把我拎起来转了一圈，又在我屁股上轻轻踢了一脚。点燃香烟后，他斜倚着门口的土墙，上上下下地打量着我。我先让自己站直了，背靠着他对面的那堵墙，也上下打量着他。

自从上次分开，我们至少有一个月没见面了，或者更久些。他穿着白色的衣服，头上紧紧地系着一条白色的方巾。脸上清晰可见刚冒出的胡楂，不过，他还学着爸爸的样子，经常刮胡子。明媚的晨光照亮了小屋的前檐。拉弗奇正对着我微笑呢，看着我愤怒的样子，他竟然咯咯地笑出声来了。用爸爸的话说，这简直就是他自己的翻版。我几乎可以听到爸爸在说，“太严肃了！你们两个，太较真了。去买杯拉昔，冷静一下吧，好吗？生活是用来享受的，不是受苦的”。我也看着他，但是面无表情。看着他那张像极了爸爸的脸，我眨眨眼，又照了一张“照片”，储存进大脑日后好看。我怕他这一走，又是一个多月不见人影。

“老头怎么样了？”他踩灭烟头，认认真真地看着我问道。

我抬头直直地看着他，眼神里满是挑衅与责备。这些天你去哪儿了？”他都快要死了，这就是他的近况——他将不久于人世。你难道就不能常回来看看他，陪他坐一会儿吗？

一个想法涌上心头，或许他不回来才更好呢。每次回家，关于印度的时事，关于宗教，还有他的那些新朋友，他都会与爸爸争论不休。爸爸称他们为狂热分子——“一群最糟糕的爱国者，因为他们首先想到的是暴力。”我低下头，看着自己脏兮兮的两只光脚丫。不管怎么说，他不回来才更好呢。微微抬起头，我看到他依然专注地盯着我看。

“你一定和医生谈过了，你清楚他的状况。”我气愤地说，话几乎是一个字一个字地蹦出来的。

他紧紧地盯着我的脸看，像是想从我脸上发现点儿什么。他显得异常焦躁不安，将视线从我脸上移开，又拍拍衬衫，想再找根烟抽。他平静下来，只是“唉”了一声。

“我知道，他快不行了。就像这个该死的国家一样，一天天走向死亡。”

他愤怒地看着我，那种目光让我生畏。他眼中喷出的火几乎将我灼伤。

“比拉尔，你们住的这地方，很快就不安全了。你一定要时刻小心，带着老头儿赶紧搬走。我们说话的时候，都得搞清自己是哪一边的，分割划界限是早晚的事。我们会被逼着作出选择，你懂吗？我们是穆斯林，可他们是印度教和锡克教教徒。我们或许要共享一片空间，购买同样的食物，甚至说同一种语言，但是……我们是不一样的。”

还是瞌睡得眼睛要打架，我甩甩头，竭力摆脱它。拉弗奇声音里的愤怒真的好可怕。

“爸爸是绝不可能离开的。你清楚这一点。绝不可能的。你知道他是怎样看待时局的……他……”

哥哥再次怒气冲冲地瞪着我，摇晃着头。“他仍然坚信他那珍贵的印度一切还会好起来，是吧？比拉尔，看看你的周围！它看起来或者感觉上，还像你以前生活的地方吗？不一样了，都变了！我们说话间，那些秃鹰就在头顶盘旋。它们很快就会俯冲下来，争抢剩余的地盘。印度的尸体残骸，会被那些所谓的和平人士、博学者以及政客，即我们尊称为精英的人，丢得一干二净。我讨厌那些人！是时候改变了。”

实在听不下去他的过激言语，我把脸转向别处，闭上了双眼。那一刻，我觉得哥哥好陌生。他像爸爸一样，有热情，有活力，还有坚不可摧的顽强意志，但此刻，从他身上，除了虚幻，我什么也感受不到。他停止了慷慨激昂的演说，往地上啐了一口唾沫。我没时间来分享他的满腔愤怒，我都能把自己的怨恨埋在心底，他怎么就不能呢？

“瞧，我得去上学了。”说完，我转身准备离开。

他不再愤愤不平，倒显得有点儿局促不安，就好像他根本不知道自己现在身处何处，又为什么会来这个地方。我想从他的身边走过，他却举起一只胳膊，把我拦在了门口。

“我在你的银色罐子里放了点儿钱，我也不知道什么时候才能再回来。”

我心不在焉地说了句“再见”，就从他的胳膊底下溜走了。我能感觉到他还在紧紧盯着我的背影，但我极力克制自己不要转身。他连一声再见都没有说，我听到他转身，朝街道的方向走去。我藏在门后，把头探出来一点儿，眼睁睁地看着他拐进一条小巷，然后消失不见了。

沉闷的叮当声划破了清晨的宁静，我猛然意识到这是穆克吉先生敲响的上课的钟声。我匆匆忙忙地穿好衣服，向学校奔去。我不能再和哥哥生气了，下次他回来的时候，我要告诉他，以后不要再回来了。我不能让他破坏现有的宁静。我已经有了一个计划，无论如何我都会把这个计划进行到底的。

第十章

黎明前，市场一如既往地又开始了一天的营业。冉冉升起的太阳用它柔和的金色光芒笼罩了整个小镇，温暖着市场上摆摊的商人们。和平常一样，几头毛驴在市场边缘的空地上悠闲地踱来踱去，大声嚼着干草；几只流浪狗四下搜寻着别人扔掉的残羹剩饭以充饥肠。不知怎么，看着人们正常有序的生活场景，我就在想，或许爸爸的话是对的，一切都没有真的发生变化。那些在报纸上看到的或者在广播里听到的大事件，都仅仅只是事件、新闻而已，比你想象中的还要严肃重大得多，但根本不会触及老百姓的生活，像我和爸爸这样的普通人，只想在市场附近的某个角落，快乐地生活着。

我飞速跑过庞迪切瑞老人身旁时，他像往常一样，坐在市场边上树荫下的一个破旧的圆桶上。他冲我吹口哨，并大声喊着我的名字。老人双目完全失明，但每次我从他身边经过的时候他都知道是我。有的时候，我和其他几个孩子会悄悄地溜到他身边，想吓他一跳。他佯装不知，等到我们走到他背后的时候，他就会猛然转身，反过来吓我们一跳。他总是轻声笑着说："你们正常人只有几种感官，而我却有种你们看不见的直觉。"我没有时间停下来，所以就朝他挥了挥手，但立马就意识到自己刚才的行为像个傻子一样。不过我一边跑一边扭过头去，看见他竟然也朝我挥手呢。我迷惑不解地摇摇头。难道他真的有一种特殊的直觉吗？

急忙赶往学校的路上，我稍微绕了点路，去看看卡塔是否在屋顶上。

"卡塔！卡塔！你在上面吗？"

没有人答应。

我焦急地又喊了一声。穆克吉先生肯定在领最后的学生进教室了，我真的必须得走了。突然，卡塔出现在屋顶上，睡眼朦胧的。我抬头看了看他，松了口气。

"我刚才一直在喊你！你去哪儿了？我以为你还在家睡着呢。"

卡塔揉了揉眼睛，满脸困惑。

"为什么我就该在家睡着呢？"他反问道，还冲我做了个鬼脸。

我耸了耸肩说："因为你有可能还在家睡着，也有可能你妈妈没有叫醒你啊。我不知道，只是这样想啦！"

卡塔像猫一样伸了个懒腰，摇了摇头回话说："放心吧，比拉尔，那种事情不可能发生的。"他边说边打着哈欠。

我又耸了耸肩，不明白卡塔那样说是什么意思。

"不会有任何危险的。自从答应帮你实施计划，我晚上一直都睡在屋顶上。"

我目瞪口呆地看着他。

卡塔见我那样哈哈大笑。“你不觉得你得赶紧走了吗？快迟到了。过会儿见。”卡塔说着，跟我挥手再见，转身慢慢朝往常的最佳地点走去。

我顿时哑口无言，听着穆克吉先生正在敲响的那个锈迹斑斑的钟，发出即将消失的闷闷声，我转过身迎着钟声飞快跑去。

第十一章

待我们安静下来，穆克吉先生神采奕奕地站在教室前面，手里抓着那块银制的怀表，每隔几秒钟就忍不住看一次。

“安静！孩子们。今天，我们先学算术。”

大家不约而同地发出一声低沉的叹息，声音弥漫了整间教室。一大清早就学算术，整个班里除了在一旁微笑的萨利姆，没有一个人乐意。

“好了，好了。我知道大家都不乐意，可我们还有事情要做。如果现在不学算术的话，本周就没机会学了，就得等到下周一了。”

苏拉基迅速举起手，说：“老师，为什么不能晚点儿，下午再学算术？”

穆克吉老师抑制不住内心的兴奋，激动得快要跳起来了。

“孩子们，因为下午将有一位特殊的客人来跟我们谈话。”

教室里又响起一片喃喃声，不过这次的语调明显与刚才有所不同。老师现在终于抓住大家的注意力了。我朝侧面的曼吉特望去，对着他耸耸肩。那人会有多特殊呢？

穆克吉先生清了清嗓子，说："孩子们，今天我们会迎来一位非常特别的嘉宾，你们一定要展现出你们最好的一面。如果你们表现好的话，下周我们会抽一个下午的时间去草场打板球。"

这一次，巨大的欢呼声在小小的、挤得满满腾腾的教室里久久回荡。那一定是位不同寻常的人，我这样想着。

穆克吉先生再次用嘘声示意我们安静下来，然后收起了他手里的怀表，继续说道：

"今天下午，萨南帕尔·塔马尔王子要来看我们，他是扎西坎德王储，是拉其普特血脉最后一位在世的直系继承人。"

一片惊讶的唏嘘声过后，教室里一下子安静下来。以前穆克吉先生也安排过"特殊"的嘉宾来访。爸爸也来过，还从市场上买来各种各样的水果和蔬菜。医生也来过，他还用听诊器给几个学生检查过身体。但是，还从来没有王子来过。我们开始学起算术，不过空气中显然带有一丝激动的情绪。

来自扎西坎德的萨南帕尔·塔马尔是一个王国的继承人，这个王国已有四百多年的历史了。他个子不高，身着传统的王子服装，头上戴着穿有金线的宽大白色包头巾，看上去非常漂亮。他站在门口等着穆克吉先生宣布他的到来。穆克吉老师话音一落，他就目光直视正前方，挺胸抬头正步走了进来，接着转过身来面向我们。穆克吉先生赶紧拉出他自己坐的椅子让给王子。王子慢慢地坐下，挺直了身子，下巴略微上扬。他把右腿搭到左腿上，然后把身上那把长长弯弯的塔瓦佩剑斜放到大腿上。此时，教室里静悄悄的，他向我们微微颔首，表示问候。

"你住的宫殿里有大象吗？"苏拉基脱口而出。

穆克吉先生一下子跳了起来，正要好好训斥苏拉基的时候，王子举起手示意，拦住了老师。他只好重新坐下，怒气冲冲地瞪着苏拉基。

“没错，小伙子，我的确住在一个宫殿里，不过那里没有大象。大象有它自己住的地方。和它们住在一起，气味不太好闻吧。”

尽管在穆克吉先生的怒视之下，大家还是忍不住咯咯笑了，气氛开始变得轻松。

“小伙子，我住在印度北部的大山里，离这儿很远。那里虽然荒凉，却很漂亮，有迷人的美景，四处可见奇特的山谷和嶙峋的沟壑。那里的人们强壮又好客，随时准备为你递上一碗清凉的泉水和略显粗糙的简单食品，其实，他们也没有富余的食物可供分享，但他们谙熟待客之道。我的宫殿俯瞰卡纳克山谷，那里多年来都是我们家族居住的地方。我是萨南帕尔 · 塔马尔四世，同时也是扎西坎德的第十六个王子。”

同学们听得都入了迷。而且王子本人在我们这间落满灰尘、狭小拥挤的教室里，似乎待得也很自在。他笔直地坐在椅子上，滔滔不绝地为我们讲述他和他的人民，声音洪亮又清晰。他有一种特殊的魅力，让人感觉好像整间教室里只有你一个人，而他的故事也完全是讲给你一个人听的。

我记得爸爸对印度各个地区的王子作过这样的评价：“冷酷无情，爱慕虚荣，腐败堕落”，他就是这样形容他们的，感觉他们拥有的王子头衔只不过是徒有虚名，而且似乎人们对此也早都习惯了。爸爸还说：“那样的王子只属于印度的过去，现在轮到人民当家做主了。”我心里在想着，*看看现在都变成什么样子了*。我目不转睛地盯着萨南帕尔 · 塔玛尔王子看，想要从他身上找寻残忍的迹象。可是，他看起来和普通人没什么两样，只是他的口才要好很多。另外，他不抽烟，也没有不停地吐痰。他的胡子打理得很整齐、很有光泽；他身上米色的沙丽克米兹长袍也一尘不染。在我们居住的这个到处都脏兮兮的集镇上，他的着装格外引人注目。我低头看了一眼我的衬衫，上面有一块很大的污渍，我使劲用手搓，却越弄越脏。王子结束了谈话，穆克吉先生开心地微笑着，走到了前面。

“现在，谁有问题想问王子啊？有意义一点的。”他说完，又狠狠地瞪了苏拉基一眼。

事实证明，穆克吉先生带有启发性的话对我们来说，根本没有任何意义，因为大家更感兴趣问些并非有着严肃意义的问题。

“您有多少枚红宝石？”

“没有以前多了。”

“您的宫殿里有老虎吗？”

“私人是不能圈养老虎的。它们是野生动物,需要自由活动。”

“您杀过人吗？”

“只杀过几个好问愚蠢问题的小孩子。”王子狡黠地笑着回答。

穆克吉先生恐惧地环视了一圈。目光与我相撞时，他挑了一下眉毛,好像在说:“比拉尔，问一个有深度的问题。快点儿！”

我脑子里一边快速地想着问题，一边慢腾腾举起一只手，等待王子从密密麻麻举着的手臂中发现我。他又耐心地回答了几个问题之后，终于看到了我。然后用手指了指我，点点头。我清了清嗓子。

“萨南帕尔·塔马尔王子，我爸爸说国王和王子通常都很残忍、虚伪，而且还贪婪，这是真的吗？”

穆克吉先生紧张得好像气都喘不上来了。王子在椅子上不由得直了直身子，目光直视着我。

“小伙子，问得好！国王和王子通常都很残忍、虚伪、贪婪，但并不是没有例外。也有许多王室，他们关心自己的子民，愿意为他们主持公道，公正地解决所有纠纷。国王和王子的责任就是努力发展贸易，从而为自己的王国创造财富。他们不仅仅要使王室繁荣，还要让子民过得幸福。”

穆克吉先生已经冷静下来了，脸也没那么红了。我又举起了手，王子冲我点点头，示意我可以继续发问。

“现在已经没有那么多的国王和王子了。您又能怎样帮助您的人民呢？您现在拥有哪些权力？”

一丝痛苦的表情在王子的脸上一闪而过。很快，他又恢复镇定，用清晰的声音说：“不错，我们现在是没有以前那么大的权力了。时代变了，但只要人民还愿意居住在我的领土上，还需要我的关心，我就愿意做他们的王子。印度已经变了，而且还处在变化中。今天我来这儿的目的，就是想要告诉你们，你们是印度的希望。不管走到哪儿，你们都怀揣着这个国家的梦想。不管接下来的几年会发生什么事，你们都要记住我说过的话，而且要坚持到底。我相信你们每个人，你们大家也要相信我们的母亲——印度。”

教室里骤然鸦雀无声，只有穆克吉先生的怀表滴答滴答地响着，短促而有节奏的声音回荡在这间小小的教室里。印度的气数即将到头吗？我不敢想象怀表的滴答声响停止后会发生什么。穆克吉先生感谢王子的来访时，我靠到墙上，闭起双眼，暗自在想：王子、政客、诗人、历史学家，他们统统都是一路货色，只会动动嘴巴说大话。听上去好似在鼓舞人民，给人民以希望，其实只是骗得我们有片刻的安心。依我看，在这个谎言泛滥的世界，拥有一流的说谎技巧似乎是一个必备的本领。睁开双眼，我看着萨南帕尔·塔马尔王子，心想，或许这一本领也是他需要的唯一一样东西。

突然，我听到前面的同学尖叫了一声。曼吉特迅速挤到我身边，我们俩一起走到乱作一堆的人当中。

“怎么了？什么事？”我大声喊。

他看着我，眼神里夹杂着恐惧和兴奋，一句话也没说，只是用手指着教室中间。我拨开人群，走到前面，也僵在那里一动不动了。在我前面不到三英尺的地方，有一条蛇，还是一条眼镜王蛇！更糟糕的是，它已经发怒了，正迷惑性地摇晃身体，试图缠住我们其中的一个。蛇在这儿干什么？它怎么会进来的？突然，我明白过来。是卡塔！是他用蛇来引开大家的注意力。肯定是有人正要去我家！我抬头看了一眼窗户，正好看到有一枚石子击过来。大家都愣在原地，目不转睛地看着那条眼镜王蛇有节奏地扭动身子，根本没有人注意别的地方。

于是，我头也不回，跌跌撞撞朝门口冲过去。不能再等了！我心里想着，出了教室，匆忙往大街上跑去。

第十二章

卡塔正在学校外边等着我。

“你扔的蛇？”我大声地问。

“是三个传教士。他们离这儿还有几条街远。”卡塔边说边在我身边一块跑着。

不好。要想摆脱他们可没那么容易。

我们听见身后传来噔噔的脚步声，回头一看是萨利姆和曼吉特正快步赶来。我们没有停下，继续朝我家住的那条街飞快地跑着。卡塔和我赶在这三个传教士前面先到了我家，曼吉特和萨利姆紧随在我们后面也到了。

“怎么处理的那条蛇？”我问他们。

“是穆克吉先生清理的教室，后来他就让我们回家了。王子也走了，去市场广场参加一个什么仪式。”萨利姆回答说。

我们听着街面上传来的脚步声越来越近，他们正向这边走来。这三位传教士指的是基督教牧师詹姆斯、印度教祭司格尔和伊斯兰教伊玛目[①] 阿里。

---

① 伊斯兰教教职称谓，集体礼拜时在众人前面率众礼拜的人。

尽管信仰不同，不过他们可是形影不离的朋友，经常一起漫步在小镇市场的街道上，劝说人们去教堂、寺庙及清真寺做礼拜。

“显得轻松点。”我小声对我的朋友说，然后转过脸去，看着三个传教士。

“上帝保佑你！”牧师说。

“祝你平安。”伊玛目说。

“您好。”祭司说。

我微笑着，努力装出随意的样子堵在家门口。

“孩子，我们是来看你爸爸的。”伊玛目说着，想从我身边过去。

“谢谢您的好意。”但我丝毫没有要让开的意思。

“真的，祈祷上帝能减轻他的痛苦。”站在一旁的牧师说。

“这点我十分相信，不过我很惊讶你们还没有听说。”我倚着门，故弄玄虚地停顿了一下。

“听说什么？”祭司赶紧追问。

“哦，我还以为你们知道了呢。那是会传染的。”

“什么会传染啊？”伊玛目问，他不再往前走了。

“我爸爸得的病呀。那病传染性极强，你只要在那里待几秒钟，就有可能被传染上。”我回答说。

“传染上什么？”牧师怀疑地问道。

“那种病会将人的肉吞噬掉……”萨利姆插嘴说

“起初你的皮肤会脱落。”我接着说。

“然后你的头发……”萨利姆补充说。

“不过还是欢迎你们来。”我说着，把门微微打开。

“也许，我们还是改天再来比较好。”牧师说。

“是啊。可能现在进去并不合适。”伊玛目说。

“告诉你爸爸，我们都会为他祈祷。”祭司说着，开始后退。

三个教士说完就立即转身走了。他们沿着街道奔逃而去，很快便消失在小巷中。看着他们离去，我回过头来，只见卡塔、曼吉特和萨利姆正在地上打滚儿，捂着肚子哈哈大笑。

“我从来没见过他们三个行动这么迅速。”萨利姆说，笑得眼泪都出来了。

“太滑稽了。”曼吉特咯咯地笑着说。

我也补了一句:“真不知道到底该笑，还是该哭。”

第十三章

集镇以前就是王室成员常来拜访之地，但是每当他们到来，都会搞得很隆重。我曾幻想，即使在这个特殊的时期，萨南帕尔·塔马尔王子的来访也会使小镇的居民欢呼雀跃。但我错了，周围的人群中明显弥漫着一股紧张的气氛。

萨南帕尔·塔马尔王子被人群层层围在中间，我慢慢地走近，用胳膊肘推开人群，钻到了前面。镇长正热情洋溢地说着什么，话题还渐渐转移到了政治问题上；一旁的王子看起来却是一副心不在焉的样子。他在人群中看到了我，然后和身旁的侍从耳语一番，又朝我站着的地方指了指。我看了一眼身后，想看看王子在指什么。待我转过来的时候，眼前已经站了一个彪形大汉。他上上下下地打量着我，然后又用拇指指向王子的方向，说："小孩，王子想跟你说几句话。跟我来！"

我感觉有数百双眼睛都盯着我，下意识地向后退了一步。但是，不知道身后人群中是谁把我往前挤了一下，我撞进那侍从的怀里。我转过身生气地瞪过去，不过很快就被侍从带到那些老人和委员会的成员面前。王子坐在一把椅子上，椅子上方还罩着一块蔚蓝色的布。他的塔瓦佩剑还是放在他的大腿上。他和镇长说完了话，就把视线转移到我身上来。

“比拉尔，你还好吗？很高兴今天能去班里看望你们。我发现在我们这块土地上，有许多跟你一样聪明伶俐的孩子。”

我喃喃地说了声谢谢，只是低头看着自己的脚。这时，有个男的过来了，他十分激动地和王子握手。我朝人群看了看，多数人的表情都很冷漠。总感觉有什么不太对劲。

“我们不再需要王子了。”人群中有人喊道。

“王子，回到你的王国去吧，人民不再需要你了。”又一个声音响起。

“让人民自己当家做主。”

“你已经快把人民的血榨干了！”

人群喧哗起来，而且还不停地往前拥挤。镇长站起来，抬起手请求大家保持安静。可是他的声音很快就淹没在人们的叫喊声中了。大个子侍从身着一件长大衣，手放在腰上，挡在王子前边。难道他配有左轮手枪？委员会其他的成员也都站了起来。我紧张地环顾四周，发现我们后面有条巷子。我听到从广场的另一头传来咚咚的脚步声和口哨声。警察。人群还在往前挤，王子的侍从将手伸到大衣下面。

“等等。”我大喊了一声。王子转过身来面对着我，他制止了侍从。

“怎么了，比拉尔？”王子问。

“我能把你从这儿带出去。不要向人群开枪。”我看着剽悍的侍从，坚定地说。

警察就要赶到这来了，一会儿局势可能变得更糟。王子审度了局势，站了起来。

“好的，小伙子。你来领路，但我们不要跑。”他镇定地说。

由侍从掩护我们撤退，刚走进巷子里，警察就到了，转移了人们的注意力。我轻快地走着，像爸爸教我的那样，使自己镇定下来，等着王子先开口。

“比拉尔，现在我们欠你一个人情。穆克吉先生给我讲了许多关于你们家族的善行，还有你的祖先为了这个集镇的繁荣昌盛所作出的巨大贡献。我还听说，你爸爸现在身体欠安，对此我深表难过。”王子说这些话的时候，眼睛始终看着我。尽管我努力去迎合他的关切目光，但我还是做不到。反倒是不假思索地把最先想到的事，脱口而出了。

“爸爸快不行了。我本应该继承家族的传统将来管理市场，可他再也不能在我身边教我那些必备的知识。”

“比拉尔，听到你爸爸快不行了，我真的很难过。不过你仍然能学到你应该会的东西。”

“怎么学呀？爸爸懂得很多，比我认识的所有人懂得都多。”王子侧着头看着我，笑了起来。

“在我十五岁那年，我爸爸突然去世了。我震惊不已，大家也和我一样不敢相信。他身体那么强壮，而且精力充沛。我原以为他会长生不老，但是他还是那样匆匆地走了。没有临终遗言，什么也没有。仅仅一周的时间，我就从一个和木头士兵玩耍的少年变成了统治王国的君主，而且还结了婚。”

这回，轮到我盯着他看了。“那一定是很困惑的一周。”我壮着胆子说了一句。王子把头一扬，大声地笑了。“难以置信的困惑！我想做的，只是每天无忧无虑地和那些木头士兵玩耍。可我现在居然要管理整个王国。当时我恨我爸爸。”

我惊讶地看着他。心想，恨？从何说起？

“我恨他丢下了我；恨他迫使我承担我毫无准备的如此重任；恨他不能在我身边教我那些我应该具备的知识。”

我不恨我的爸爸。不管怎么样，我都不会恨他。遗憾的是他将不久于人世，我比以往任何时候都需要他，他却不能在我身边了。

“你现在还恨你的爸爸吗？”我问。

“不了，我也意识到自己从来没有真的恨过他。我学会了我所需要的东西，因为我必须学会，也因为我是他的儿子。”我们停下脚步，他转头看着我，说：“比拉尔，你也一样。因为你必须学会，也因为你是你爸爸的儿子。”

我点点头，强迫自己挤出了一个微笑。我们一直走到离集市广场很远的地方，找到一处阴凉的壁凹处坐了进去。王子让他的侍从去找些清凉的水来喝。

“听上去你的爸爸是个很了不起的人，我想见见他。你们住在附近吗？”

我感到肚子突然抽搐了几下，我迅速站起来，全身的血液都涌向头部，眼冒金星，不禁有些站不稳。王子扶我坐下，耐心等着我恢复过来。

“怎么了，比拉尔？一提到你爸爸，你的脸色就变得这么苍白。发生什么事了？”

待眼前模模糊糊的金星渐渐退去后，我快速地眨了眨眼睛。王子站在我身边，低头关切又不解地看着我。

王子住在千里之外。他知道我们的计划，应该没什么关系吧？

接下来，我就把一切都跟王子说了。关于我的誓言和设法阻止人们去看爸爸的计划，还有我是如何下定决心不让爸爸发现真相的想法，全部和盘托出。王子时不时停下来，用手帕擦擦额头。我让自己振作起来，直视王子的眼睛。可我发现先前他那蕴含着力量和决心的双眼已经充满了泪水。我立刻将视线移开，以免王子觉得尴尬，内心不断责备自己是个多么愚蠢的快嘴巴傻瓜。

“比拉尔，谁都不该承担起这个负担，你不再考虑一下吗？真相也许会带给他平静。”

“不。”我摇了摇头，坚定地说，

他又看了看我，然后点了点头。

“我真希望我能像你一样勇敢，比拉尔。我还是想去看看你爸爸。不过不要担心，我会保守秘密的。”

我点点头。那个大个子侍从带着清凉的饮品回来了。我们出发朝我家走去。一拐过弯，我们就看见曼吉特、卡塔和萨利姆在我家前门外紧张地走来走去。显然他们在屋顶上看见我了，可是猜不出发生了什么事。但不管怎么样，他们永远选择和我站在一起。我的心激动得怦怦直跳，他们是我一辈子的朋友。王子冲他们友好地笑笑。

“比拉尔，这些一定就是你的耳目了？你们是我见过的最仗义的一群铁哥们儿！”王子转身对我说，“我想单独和你爸爸谈谈，请相信我。”

我看看萨利姆，又看看曼吉特和卡塔，转过身面对王子缓缓地点了点头。“我相信您，王子。”我回答说，接着把门打开了。

王子出来的时候，我们都站了起来。我十分紧张地走过去，心怦怦直跳，就像有个鼓在敲一样。

“你爸爸很高兴，虽然不能长时间讲话，但是他的记忆力好得让人吃惊！他有着渊博的知识和强烈的好奇心，任何人都不能和他相提并论。”他一边说着，一边冲着我微笑，“我给他唱了一首歌，这首歌是小时候妈妈常唱给我听的。歌里唱到喜马拉雅山陡峭的山峰、不断进取的杰出首领，还有展翅翱翔的雄鹰。我希望歌曲能带给他片刻的安宁。他还提到你了，比拉尔。他证实了在这么短的时间里我对你形成的看法。孩子，现在我得走了，但是你唤醒了我一些记忆，一些我原以为印度已经失去了的宝贵东西。”

王子将塔瓦佩剑递给侍从，端正地站在我们面前，优雅地深深地向我们鞠了一躬，他的方头巾几乎触到了地面。我们几个困惑地不知道该如何回敬，脚在地面上蹭来蹭去。曼吉特机灵地走向前一步，也学着王子的样子鞠了一个躬。虽然不那么标准，但也是一个不错的举止。卡塔也想试着深鞠躬，结果差点摔倒，萨利姆赶紧把他扶了起来。王子和他的侍从看到这滑稽的场景，开心地大笑起来。我眨了眨双眼，又拍下了一张心里的“照片”——这是多么不可思议的景象：照片上一个王子站在一条狭窄的灰尘飞扬的街道上，正向我们几个穷孩子深鞠躬。

第十四章

我答应卡塔过一会儿到屋顶去见他，现在先去看看爸爸是否还醒着。黑暗的屋子常常能安抚我的心灵。我抓过小凳，把它放在爸爸的床边。爸爸看起来好像睡着了，不过我不确定，于是我倾着身子靠得更近些，想听听他的呼吸。

“噗！”爸爸突然坐了起来，吓得我魂不附体。“哈！我吓着你了吧！”

“确实如此。爸爸，您别那么激动。”

“得了。我已经够克制的了，比拉尔。我需要兴奋些才好让心脏保持跳动啊。”

爸爸侧过头瞟了我一眼。我叹了口气。很明显，爸爸想说些什么，不过他在等我先开口。我笑了笑，双臂交叉放在胸前站着。我知道接下来将发生什么。

“什么事啊？”我咧嘴笑着问。

“什么什么事呀？”爸爸边说边夸张地转动着眼珠子，手臂在空中不停地挥舞着，“有位扎西坎德王子来看我，还给我唱了首赞美雄鹰和高山的老歌。你还问我什么事？哈哈！”

我耸耸肩，往他头下又塞了个枕头。我用手背摸了摸他的额头，不由得皱了下眉，这个动作被爸爸看见了。

“比拉尔，不要皱眉！现在，告诉我你是在哪里遇到王子的？怎么遇到的？你到底怎么说服他来看我的？”

“好啊！如果你现在吃了药，然后躺下，我就把整个事情都告诉你。你知道的，你在发高烧。”

爸爸叹了口气，示意我把药拿给他。我赶忙给他倒水，好让他把药咽下去。爸爸不情愿地将药吞下去，嘴里发出咯咯的响声。我坚持让他又喝了一勺水，他生气地瞪了我一眼。不过，爸爸很明显轻松了许多，在那堆靠垫里躺好。爸爸对讲故事的套路的喜欢，不亚于他对故事本身的喜欢。因此，我必须花点时间琢磨着如何使用上爸爸教过我的所有技巧，比如戏剧化的停顿、略显夸张的动作以及穿插些色彩的描绘、声音的模仿及嗅觉的感受，等等。爸爸闭上双眼，轻轻晃动脑袋，一丝微笑浮上嘴角。我讲完故事，又起身倒了一杯水，我也不明白自己为什么会这么渴。喝完这杯水后，我又重新坐回爸爸床边的小凳子上。爸爸挣扎着睁开下垂的眼皮——药效来得真快。

“王子谈到了你。你都跟他说什么了？”爸爸问。

“你知道的，就是些关于市场和我们生活中的平常事。我可能有几次提到了爷爷，其他就没再说什么了。”

说完，我便开始收拾床，给爸爸盖好被子。他的眼睛已微微闭上，药物开始发挥作用了，他所有的疑虑很快都会烟消云散的。现在爸爸完全闭上眼睛，发出沉沉的喘气声。

“比拉尔，你给王子留下了很好的印象。如果我没有更好的办法安排你，他将你带到很远的王国去工作。你愿意吗？”

我看着爸爸的脸，站起身来。

“那就是你要谈论的事情吗？让我离开？”

爸爸微微睁开一只眼睛，冲我做了个鬼脸。“好啦，好啦，你就别再皱眉了，没必要那样。我们只是说说而已。你听着，我只是觉得王子对你印象那么好，或许你以后可以在他身边做事。”

屋子在我面前旋转起来，我极力稳住自己。*爸爸到底在想些什么？我不会离开这里。我怎么可能离开呢？*

“为什么要走？我从没想过跟任何人去任何别的地方。我的整个人生都在这里。这里是我们的根，不是吗？爸爸你、妈妈、哥哥，还有我都属于这里。”

爸爸转过去盯着他的书墙看。他把身子又往下滑了滑，将被子紧紧盖在身上。

“比拉尔，我并不是想赶你走。我只是觉得，王子对你印象很好……换句话说，我根本没想什么。”爸爸苦笑着解释，“现在，想要思考点事真的很难。”

我“唉”了一声，又坐回到小凳上。

“怪不得爷爷原先总说你手比脑子动得快……”我开玩笑地挤兑爸爸。

爸爸做了个鬼脸，假装很生气。“我现在不能动，算你小子走运，不然的话，早打你一耳光了。”

我掀开被子，钻进去挨着爸爸躺了下来，紧紧贴着他的胳膊。爸爸将我脸上的头发拂到一边，用手轻抚着我的头发。不一会儿，我就睡着了。

第十五章

我们上次打板球已经是很久以前的事了，所以每天至少有十个男同学提醒穆克吉先生十次他曾许下的诺言。终于，老师宣布下周二下午我们去打板球。组织板球比赛总是闹哄哄的，满教室都在传着难以辨认的纸条，上面写着击球的顺序和谁先投球的安排。这个问题向来是引发激烈争议的。纸条在愈加频繁的阵阵催促声中传递着，每一次都伴随着谩骂与威胁。大家都在争论着如果这样或那样投球会如何如何，等等。

曼吉特用胳膊肘轻轻推了我一下，塞给我一张萨利姆递过来的小纸条。上面写着：**卡塔怎么办**？我轻笑着摇了摇头。真是有意思！许多次萨利姆和我都在同一时间想到了同一件事。每当想到卡塔要独自在屋顶待那么长时间我就心存不忍，即便他竭力表现得十分快活。我们每天放学后都会去看他，给他带点吃的，把他换下来回家看看家人。但是，卡塔很倔犟，总想让我们相信他家里没人注意他到底在不在，不过我们还是劝他回去看看。萨利姆转过身，指着自己胸口，不出声地说："让我去吧！”我点点头以示同意，又坐了下来。萨利姆不喜欢打板球，他可以趁大家不注意，偷偷溜掉。

穆克吉先生抬起手，要求大家安静下来。他迅速看了一眼怀表，然后笑了起来。

刹那间，小小的教室里兴奋的欢呼声响成一片。

“好了，同学们，时间到了。我需要些同学帮忙拿球板和三柱门。我来拿球。”

二十只小手争先恐后地举起来，穆克吉先生从前排挑了几个男孩。他看起来比以往更加紧张。我溜到萨利姆身边，拿胳膊肘推他。

“萨利姆，穆克吉先生看起来不是很高兴。你能猜到我正在想什么吗？”

萨利姆看着我，摇了摇头。“猜不到。除非你在想我昨晚藏在屋顶的那个熟芒果，我只知道卡塔一定已经找到而且吃掉了。”他做了个鬼脸，皱了皱眉。

“萨利姆，我是认真的。对于这场板球游戏，我感觉不是很好。”

萨利姆笑了笑，可他的笑容与平常不同。虽然他极力掩饰，我还是看出他眼中一闪而过的焦虑。他开玩笑地拿胳膊肘推了我一下，然后指指穆克吉先生。

“你总是忧虑重重。你自己意识不到，你出奇的像穆克吉先生，对于即将发生的事情过于紧张。比拉尔，想想现在怎么样？我们现在就好好玩，把明天留给……明天吧。”

我尽量将自己所感觉到的不安压制下去。至于萨利姆到底是在担心、害怕，还是有一点点不易察觉的紧张，我实在很难分辨出来。他一向显得很高兴，而且总能保持冷静。这点我真是羡慕他。

尽管穆克吉先生想让我们排成两队，我们却是一窝蜂地拥出教室。老师紧跟在我们后面，自出教室，就挥着手臂，大声强调着礼节规则，试图让我们保持秩序。

我们来到了草场，一路尘土飞扬，唧唧喳喳的吵闹声与市场上不时传来的喋喋不休的说话声混杂成一片，别提多热闹了。我不经意间看到庞迪杰瑞先生坐在树荫下的木桶上抽烟。观察了一下穆克吉先生所在的位置。我晃悠过去跟庞迪杰瑞老人打招呼。他抬起头，笑了笑。

“哦，是比拉尔。孩子，你还好吗？”

我颇感惊奇地摊开双手，摇了摇头。

“庞迪杰瑞先生，您怎么知道是我呀？”我边问边嗅嗅自己的衬衫，“您是闻到我身上的气味了吗？”

庞迪杰瑞先生将头往后一仰，哈哈地大笑起来。

“我不能把所有秘密都告诉你吧，啊？你们又来这儿打板球了，是吧？”

“这是对我们表现好的奖赏。”我对着墙踢石头玩，脚在地上来回蹭得沙沙响。

“比拉尔，你就放过那块可怜的石头吧！”

我抬头看看他，皱了皱眉。原来我在用脚尖踢那块落在我脚边的石头时，庞迪杰瑞先生将他失明的双眼转过来，一直盯着我。看着庞迪杰瑞先生，我感觉怪怪的。因为我知道老人看不见，他的世界一片漆黑。可我从没感觉到他看不见。如果说他跟常人有什么不同的话，那就是他看到的比任何人都要多。

看着地上那块凹凸不平的石头，我闷闷不乐地想着：也许有些东西根本就不值得看。

“比拉尔，我能感觉到你内心的不安。”

他怎么总能感受到我的心情呢？

“比拉尔，你需要放下一些东西。孩子，心里装那么多事情可没啥好处。晚些时候来找我吧，我看看是否可以讲个故事将你内心的压力减轻些。”

“我一会儿就来，我还得留心观察呢。”

现在，该轮到庞迪杰瑞先生皱眉了。

“拜托你告诉我，你要留心观察什么呀？”

我弯下腰，捡起那块石头，将它紧紧攥在手中。石头锐利的边缘划破了我的手。

“麻烦呗，还能有什么？”

第十六章

这是一天中最热的时候，集市广场边的草场上空荡荡的。只有几个疯子和算命先生顶着炎炎烈日坐在那自言自语。我曾经问过爸爸疯子和算命先生有啥区别，他没有直截了当地回答我，只是说："很多人都认为没有区别。"听了这话，我不解地摇了摇头，好奇爸爸知道的有多多，他总是那样神秘，对任何问题从没有给过我直接答案。

在这块尘土飞扬的草场周围，市场上还在进行着各种各样的交易活动。通常情况下，板球赛都很受这些商贩们的欢迎。他们正好可以借此从精打细算的买卖和频繁的货物交易中得到暂时的休息。但这次，我察觉到了其他的东西。因为空气中弥漫着一种我从未感受过的紧张。我呆呆地站着，迅速环顾着周围的货摊。可数不胜数的货摊加上缤纷多姿的色彩和各种各样的味道一起向我涌来，让我一时应接不暇，不得不频繁地眨着眼睛。用手遮在双眼上挡住强烈的阳光后，我定睛去看其中的几个小摊，立刻有了熟悉的感觉。阿南德站在他的水果摊前，检查着货物。我使劲眨了眨眼，想确保这不是幻觉。阿南德从不站着。他经常抱怨膝盖疼，为此专门做了个小凳子以支撑他肥胖的身躯。再隔几个货摊，只见桑德胡坐在阴凉下，远远地看着他的香料和种子。我只能辨认出他的红头巾，那头巾在门洞深处看起来如血液般鲜红。他脚边放着一根长长的弯弯曲曲的棍子。桑德胡从没坐下过，他向来都是走来走去，逗得经过他货摊的人哈哈大笑。我也从没看见过他用棍子。我的肚子又是一阵抽搐，就像有什么东西不停地在猛戳似的，疼得我使劲咬紧牙关。再回头，我扫了一眼我们这帮难管的孩子，看到穆克吉先生仍在努力组建两支队伍。

萨利姆走过来。“照这个进度，太阳落山前我们可以开始比赛就算幸运了。”他看见我脸上的表情，停了下来，关切地问：“怎么了，比拉尔？发生什么事了？”

“没什么。不过，难道你没感觉到吗？这儿好像和从前不一样了。阿南德在站着，桑德胡却坐着。完全颠倒了。”

“去玩会儿吧。我去把卡塔替换下来。我希望那个小贼还没把我的芒果偷吃掉。”萨利姆皱着眉头说完，就从我身边走了。

萨利姆刚走没一会儿，卡塔就像个疯子似的咯咯笑着飞奔到我面前。我转身，看到了正站在屋顶高声叫骂的萨利姆。

“我吃了他的芒果。趁他向我扔石头前，咱们赶紧走吧。”

我冲萨利姆挥挥手，转身和卡塔一起去参加比赛。我们朝着耀眼的夕阳跑过去的时候，曼吉特正微笑地站在投球线上。即使没有头巾给他额外增加几英寸高度，他仍然是班里最高的。他长得太快，我从没见曼吉特穿过一件合他那瘦长体型的上衣或裤子。他妈妈也总抱怨前一天给他做一身合身的衣服，第二天早上就变小了。此时，曼吉特把另一颗球击向天空，球高高越过我们头顶的时候，夕阳的余晖刚好掠过他橘红色的头巾，显得越发金黄灿烂。比赛取胜的一个关键因素就是要把曼吉特拉到你这一边，因为他一旦站到三柱门前，就会完全挡住视线。

经过一阵激烈的唇枪舌剑之后，穆克吉先生一边大声呵斥，一边连哄带骗才把人员分成两队，各自阵守自己的场地，开始比赛。我看着站在离我不远处、正在吮吸着芒果的苏拉基，心想他怎么总是随身带着吃的东西啊。他注意到我在看他，低头看了一眼手中的芒果，顺手递给我一小块他正在嚼着的还有果肉的芒果。我用手掌挡着示意“不要，谢谢”，耳边传来砰的一声响，是球棒击到球上的声音。我赶紧转到投球线的方向，四下找球，却发现它已被击中，正朝对方的场地飞去，我松了一口气。再看对面的苏拉基时，只见他已经坐了下来，正在慢慢地扒着香蕉皮。

我尽量让自己站在离市场较近的那端草场，那里可以听到一些摊主的对话。虽然传入耳中的仅有只言片语，但我能从他们的话语中觉察出那股之前使我焦虑不安的味道。那种味道很苦，就像你在吃一个芒果的时候，把它想象得非常香甜可口，但它却是个坏的，咬下去满嘴的酸味。许多人脸上都带着这种吃到坏芒果时的表情，他们明显感到不安与紧张。有一些人闷闷地拖着脚步走路，还有一些看起来似乎随时准备好了要逃跑。曼吉特把一颗球重重地击到我左边很远的地方，正好让我有机会显得漫不经心地转过身，再看一眼市场。此刻我注意到，尽管有人在漫无目的地乱转，但还是有人已三三两两地聚在了一起。任何一个熟悉市场的人都明白，人们扎堆聚在一起表明有事情要发生了。

我转过脸，不再注视市场那边，向左边的穆克吉先生走去。他也站得离草场边缘很近，僵直地立在那里。这时曼吉特准备迎接对方投来的球。我摇摇头想驱散脑中的想法，试着把注意力集中到比赛上。维克士是下一个上场挑战曼吉特的人，他是为数不多真正会投球的一个。唯一的不同在于：维克士总将这尘土飞扬的草场上进行的友谊赛想成国际性比赛。他会仔细估量，极其谨慎地细数每一步。做准备的时候，他会舔舔食指，以感知风向。然后，他才会向穆克吉先生点头，让老师知道自己已经准备好了。此时，只见维克士飞速靠近，他投的第一个球几乎将曼吉特的头巾打掉。他赶紧举起手，含糊其辞地道歉："对不起，我还没找准自己的区域线。"

曼吉特戴好有点倾斜的头巾，怒视着维克士。他紧握球棍，用球棍底部疯狂地锤击着地面。第二个投球要规范了许多，也慢了许多，曼吉特快速将它高高击过我们头顶，球飞过我们小小的球场，落到一个小巷中。卡塔飞也似的朝着球的方向跑去，一路横冲直撞地推倒了好几个同学，很快便消失在小巷中。游戏到此告了一个段落。十多个人，包括穆克吉先生在内，大家都开始找另一个球。

我很清楚找球要耽误一些时间，于是就走到草场的阴凉处，坐在一个底朝上的木箱子上。我伸长脖子望着屋顶，想看看萨利姆在哪儿，但是阳光模糊了我的视线，于是我又转过头来看了看市场。当眼睛慢慢适应强烈的阳光时，我看到有一小伙儿人正从市场的那头出发，快速地朝着阿南德货摊附近的另一伙人走去。为了能看清楚一点，我站直了身子。但闲逛的人太多了，我看不清究竟发生了什么事。沿着草场的边缘，我慢慢地走向那两群人。就在快要走到市场入口的时候，不知道从哪儿冒出来一根手杖，挡住了我的去路。我猛地一下停住，惊讶地向后退了一步。坐在木桶上的庞迪杰瑞先生用他那双失明的眼睛好奇地盯着我看，或许那根本不算看。

“庞迪杰瑞先生，我没看到您的手杖在那儿放着。”我扶住手杖站稳，结结巴巴地说。

庞迪杰瑞先生摇着头，小心翼翼地站了起来。

“比拉尔，那是因为它之前不在那儿，直到你想要走过去的时候，它才突然出现的。这就是你要留意麻烦的方式吗？直接跑过去？”

我伸长脖子看了一眼那群人，转身冲庞迪杰瑞先生叹了口气。向老人撒谎是没用的，他神奇的第六感在十步之外就能嗅出你没说实话。

“我只是好奇而已。”我耸了耸肩膀，故作轻松地说道。

庞迪杰瑞先生重重地倚在我肩上，也叹了一口气。

“你跟你爸爸太像了。是什么让你这么焦虑啊？”

我爬上木桶，望着那两群人相遇的地方。现在，双方似乎正在激烈地争吵着。我描述给庞迪杰瑞先生听，他理解地点点头。

“最近，这两群人交火已经不是一次两次了。一群充满愤怒的年轻人，在黑漆漆的巷子里组织好人马，然后在众目睽睽之下聚集在这里剑拔弩张。你哥哥也在里面，对吗？”

我很痛苦，点了点头，然后语无伦次地小声嘟囔了几句，算做回答了他。我用眼角的余光瞟了庞迪杰瑞先生一眼，发现他正盯着我。便从木桶上跳下来站在他面前。他面对着我，用手指轻轻戳了我一下。

“孩子，我并不想评判谁对谁错。这段日子怪怪的。你哥哥是个急性子，动不动就发火。”他拖着脚走到桶边，坐了下来，将他那根弯弯曲曲的拐杖放在大腿间，“现在，他们还只是争吵而已。让我们一起祈祷，让事情就到此为止，不要再发展了。最起码在此时此地能保持这样。你爸爸怎么样了？”

“很好，他好着呢。我会向他转达您的问候的。”

庞迪杰瑞先生突然冲我吼道：“嘿！孩子，不要向老庞迪杰瑞撒谎了。回去继续玩吧，一会儿再过来找我。”

我又扭过头去看市场上究竟发生了什么事，结果差点儿撞到穆克吉先生身上。老师早就注意到我在跟庞迪杰瑞老人聊天，过来看看我到底在干什么。

“比拉尔，你在干什么呀？”

“老师，没干什么，只是防守。庞迪杰瑞先生叫我过去的。”

穆克吉先生双臂交叉置于胸前，生气地扬起眉毛。

“哦，他怎么知道他叫的就是你呀？”

我暗暗地在心里骂自己蠢，赶紧换副表情加以掩饰。

“嗯，事实上他并没有叫我。他只是听到有人走动，就叫出声来。我以为他心情不太好，就过去看看他。”

穆克吉先生放下双臂，紧闭着嘴唇。他叹了一口气，然后用胳膊搂着我的肩膀，把我领回草场。找到一个球了，看来比赛可以继续进行了。不出所料，卡塔还没回来。要跟上穆克吉先生的大阔步真不是件容易的事，我一直慢跑着才勉强跟上。他一边看着怀表，一边喃喃自语。这是我第一次如此近距离地看见他的表，那块表竟然如此精美别致，我惊讶地大张着嘴，倒抽了口气。白色的怀表边上镶着镀银的框架，短粗的罗马数字，精致的时针和分针精确地指示着时间。穆克吉先生注意到我在盯着他的怀表看，便熟练地把它装回了背心的口袋里。

“比拉尔，你最近的行为举止很奇怪啊，你的朋友们也是这样。我们得谈谈了，因为我觉得有事情困扰着你，同样也困扰着我。”

“老师，我没事。”我直视着他的目光，平静地回答他。

“我们必须得谈谈。越快越好。”我知道，穆克吉老师是认真的。因为他挑起右边眉毛，摇了摇头。

维克士做好了投球的准备，穆克吉先生示意他可以继续。维克士没能用一个快球，或者说首球让曼吉特出局，这次他投了一个相当慢的球，诱惑曼吉特漫无目的地击打。曼吉特很快就上当了。球在空中划出一条弧线，然后垂直地落到了加赫塔的手中。

“出局！”维克士尖叫着，像个托钵僧般转了一圈又一圈，庆祝他的胜利。

懊恼不已的曼吉特拖着沉重的步伐离开球场，和他的队员们坐在一起。这时，卡塔慌慌张张地出现在我的身后。

“卡塔，你去哪儿了？”我推了下他，问道。

他一只手托着球，另一只手里抓着一颗石榴，咧开嘴对我笑。

“球弹起来落到一个屋顶上，我就顺着房子的墙爬了上去。可是，有一个女孩从窗户看到了我，然后就尖叫着让她哥哥出来抓我。那家伙那么胖，行动又慢，连头懒牛都抓不住！”他洋洋得意地掏出一把小刀，把石榴一切两半，“哦，这是我从阿南德的货摊上偷来的。那边有好多人在闲逛，根本没有人注意我。比拉尔，其实我想拿什么都能拿上，不过这次我善良多啦！”

我双臂交叉抱在胸前，惊讶地看着他。卡塔又小又瘦，但你千万不要以为他软弱无力。他白色的衬衫下垂至膝盖，黑色的裤子上磨出了洞，一边的后兜也没了。卡塔用小刀掏出石榴籽，把嘴塞得满满的，腮帮子鼓得圆圆的。很久才意识到我正皱着眉头站在他面前。

他无所谓地耸耸肩，给我一捧石榴籽。“你摆出这副表情时，很像穆克吉先生。”

我难为情地放下双手，正要敲他脑袋，他立刻躲开了。他吹着口哨，紧握球把它高高地举在空中，像是一个凯旋的英雄。他还很自豪地向大家宣布，为在场的每个人都带回了石榴。然后，我看见他居然从口袋里一下子掏出五个石榴！

吃掉所有的石榴后，比赛重新开始。我觉察到周边的气氛轻松了许多，一些摊主也过来观战。夕阳渐渐下沉的时候，我们已经有了些观众。维克士无需其队员协助，独自一人已经将曼吉特那一组的大部分队员打出了局。现在，轮到我们击球了。维克士和加赫塔一心都要上场，一块儿走向区分线，还模仿国际板球巨星的样子，不断挥舞着双臂，那姿势像转着风车似的。他们炫耀地摆了几个堵球和击球的姿势，那些围观的人被他们的信心感染着，拍着手欢迎他们入场。我松了一口气，情况终于越来越正常了。太阳落到屋顶以下，此时的草场变成了一块阴凉地。不断有人走来散步和消遣。

为了逗我的队友开心，我抓起球拍，故意做了几个佯攻的动作。他们都嘲笑我那笨拙的姿势。我笑着将球拍放下，开始琢磨卡塔又去了哪里。于我而言，板球技术很糟糕并不算什么，即使那意味着最后一个击球。而且没人指望我能击中几个球。我从没能在板球弹起前恰到好处地挥舞球拍。曼吉特曾多次给我解释准备工作极其重要，可到我这儿一点都不起作用。我心里清楚自己也想击中那个球，甚至脑子里还会呈现击中的画面，可等我思考完毕，球就已经呼啸而过，留下我沮丧地想着：现实生活中的我注定是不擅长打板球的了。

维克士和加赫塔为观众上演了一出好戏。他们慢慢地扳平了与曼吉特一组的比分。为了能看清楚比赛，我站直了身子。突然，有一双手遮住了我的双眼，我笑了。

“萨利姆，一里之外我都能闻到你脏手的臭味。”

萨利姆开玩笑地推了我一下，与其他队员坐到了一起，还招呼我也坐过去。我们静静地坐了一会儿，耳朵里充斥着重重的木棒击球声，那是维克士或加赫塔用球棒把一颗颗球击出去的声音。透过眼角的余光，我注意到曼吉特正在热身，心中不禁疑惑，他是不是还在为维克士试图打掉他头巾的事情而气愤。坐在身边的萨利姆，一边削着一块木头一边看着场中的比赛。他的满足感很有感染力，经常能使我平静下来。曼吉特和卡塔也是这样，他们总是过着自己的生活，对周围发生的一切都置若罔闻，不受任何影响地快乐地生活着。也许这并不是很公平。他们只选择过自己的日子，毫不顾虑将要发生的事情。而我却做不到。他们从不想着要随时掌控一切，也不会从早到晚忙于思考。他们对猜测即将发生的事情一点也不感兴趣，也不会为了永远走在别人的前面而准备一个个的计划。

曼吉特要上场投球了。双方交换场地时，维克士和加赫塔两人简短地碰了个头，交流了一番。他们制定了一个策略：全力阻挠曼吉特，将其他队员各个击退。曼吉特像股强劲的季风发疯般的奔向投球线，他的头巾像一团闪烁的火光，昭示着他已进入状态。越聚越多的观众，都为击球手的战术和曼吉特表现出来的意气风发叫好。萨利姆伸开双腿，看着我，然后笑了。

“比赛还真像那么回事，对吧？这分明就是为了让你我这种人取胜而准备的嘛。”

其他的队员听了萨利姆如此狂妄的断言，都开始嘲笑他。看到加赫塔巧妙地把一个球击出去的时候，我们都禁不住鼓起掌来。

“卡塔回屋顶了？我敢断言你那会儿肯定没把他置于死地，对吧？”

“没有。那个小畜牲悄悄地走近我。后来，我们就扭打在了一起。我一直都很纳闷他怎么有那么大的劲儿啊。不过，我最后还是把他打趴下了。从他身上居然掉出来一大口袋石榴！那数量，远远超出了补偿他偷吃的那颗芒果。”

“一大口袋！他跟我说只偷了一个啊。这个小骗子！”

萨利姆斜视着我，笑着掏出一颗石榴，在裤子上把刀子擦了擦后，将石榴切成一小块一小块的。

*那么，又该怎样说我自己呢？水果的谎言是一回事，向爸爸隐瞒真相又是另一回事。我真是个说谎大王。最起码卡塔还知道什么时候不能说谎，而我呢？似乎随着时间的推移，我的谎言越来越无懈可击，越来越完美了。长此以往，终有一天我会分不清谎言与事实的。*我把双腿往回收了收，极力摆脱这些想法。

曼吉特用了足足十分钟，想通过投球将加赫塔驱逐出局，之后他慢慢地投出一个球。加赫塔疯狂地挥舞着击球棒，结果那颗脏兮兮的白色球划了个弧度，落到满脸感激的曼尼什手中。加赫塔只得拖着沉重的步子走出尘土飞扬的场地，然而，听到不甚了解板球的观众起劲地为他鼓掌时，他一下子又振奋了起来。十五分钟后，我们队大部分人都出局了。接下来要上场击球的是萨利姆，他做准备动作的方式就是在空中乱劈，以应对远距离投来的板球。说是击球，其实更像是屠夫用剁肉刀在切割动物的尸体。萨利姆自信地走到赛场，笑着朝我挥挥手。

“小心你的脑袋被打掉。”我笑着冲他喊。

“什么？不会是我！你就看好吧，比拉尔。”他回了一句。

“萨利姆，瞄准球就挥球棒。闭上眼，挥出去！”加赫塔喊了一声。

萨利姆站在区分线上消磨时光。曼吉特已经完成了他的使命，现在轮到拉克什上场了。大家都轻声抱怨的时候，萨利姆还在努力把所有的动作都做到尽善尽美。终于准备好了，他示意比赛可以开始。可当拉克什正要投第一个球的时候，萨利姆又摇着头从线上走开了。

“这会儿又怎么了？”穆克吉先生没好气地问。

“老师，太阳直射着我的眼睛呢。”

穆克吉先生抬头看了一眼，叹了口气，说道：“萨利姆，太阳在你身后呢。你能继续比赛吗？我们今天还想早点回家呢，说不定正好赶上吃晚饭呢。开始！”说完，穆克吉先生做了个手势，示意拉克什投球。

第一个球飞来得太快，萨利姆没能用球棒挡住，便赶紧转身用屁股挡了一下，球应声落在球道里。看着他不停地揉着屁股的样子，我们整个球队都笑翻了。穆克吉先生也笑了。另一队正抱怨萨利姆是故意挡住三柱门的，但穆克吉先生根本不予理会，示意比赛可以继续。萨利姆挥着球棒，接连错过了接下来的四个球。拉克什的最后一投是慢球。萨利姆上前一步，站稳脚跟，闭上眼睛，用尽全身力气挥了一下球棒。球被击到高空，越过我们的头顶，冲着市场直直地飞去。我们队一下子欢呼雀跃起来，萨利姆也兴奋地把球棒高高地举到空中。他居然用一击，就使他的最好成绩翻了两倍！

但是事情有点不对劲。我环顾比赛场地，看见穆克吉先生正朝着离我们最近的那个市场上的货摊走去。他上前和阿南德说话的时候，我就站在他身后几步之外的地方。

“阿南德先生，我们的球落你那儿了吗？”穆克吉先生礼貌地问。

“没有。不过你可以到那边的那只蠢猪那儿找找。”阿南德大声地嚷嚷着。

“你这条狗，你刚才叫我什么？你再说一遍，我听听清楚。”伊姆蒂亚兹愤怒地喊道。

“我第一次说得已经够大声了。除非你的耳朵塞满了污垢。”

穆克吉先生举着双手，示意他们别吵了，他冲伊姆蒂亚兹走过去。

“先生，我只是想要回我们的球。您看到它掉哪儿了吗？”

“老师，您的球差点打瞎我的一只眼睛。您就不能带着您的学生们到别的地方去玩吗？”一旁的阿南德愤愤地说。

“要是真能打瞎一只眼睛就好了。省得你天天看着你那堆发臭的水果，还自欺欺人地叫好。”另一个小摊的伊克巴尔说道。

阿南德愤怒地站起来走到一片小空地上，喊道：“伊克巴尔，别躲在你那堆过期的香料后面夸夸其谈。有种你就出来，像个男人似的站在我面前再说一遍！”

“我面前站着的的要是个爷们，我当然会再说一遍。”伊克巴尔用嘲笑的口吻说道。

气氛越来越紧张。穆克吉先生看看这个，又看看那个，举起手做了一个叫大家息怒的手势。

“先生们，拜托，没有必要为了这点小事吵。”

阿南德突然冲穆克吉先生发起了脾气，还用手指戳了他一下，喊道：“带着你们的球，赶紧滚！”

“请不要责怪孩子们，他们只是玩会儿游戏。”

“阿南德，怎么回事？”

我看到整个班里的同学都在慢慢地向市场这边移动。赛场上的欢呼声没了，取而代之的是阿南德和伊姆蒂亚兹站在人群中间无休无止的争吵声。继而演变成扯着嗓子、拿下流的话语攻击着对方，身后还有朋友和家人跟着起哄。穆克吉先生站在双方中间，竭尽所能想化解这场纠纷，但龌龊的话语愈发不堪入耳。

“穆斯林们，你们以为自己已经占据了这个地方吗……”

“你难道没闻到吗？你们这些家伙散发出的味道真是臭气熏天。”

“印度教徒总是用他们的狗鼻子到处嗅。”

“你竟然敢……”

我们班的同学就站在那儿，目睹着争吵越演越烈。我穿过人群，挤到前面，扯了扯穆克吉先生的衣袖。

“老师，他们不会听的。”我小声说。

“是，他们听不进去，”他伤心地说，“算了，我们离开这儿吧。”

他让我们集体离开市场。

我迟迟不动，按了一下萨利姆的肩膀，他好奇地看着我。

“等等，我想再看看。”我说。

萨利姆撅起嘴，悄悄地问：“为什么，比拉尔？”

我转身，看到了一群表情严肃又坚定的男人。萨利姆用力拉了一下我的袖子，迫使我没法关注那群慢慢走近的印度教暴徒。

“比拉尔，快看……”他小声说。

我们的右边，一群穆斯林正快速地包围过来。这两群人会在中间碰头，那里争吵的火药味最浓。

“那个是你哥哥吗？”萨利姆指着人群问。

“不知道，我什么也看不清。”我睁大了双眼，回答道。

两帮暴徒都来势汹汹，激起了路上阵阵尘土飞扬。集市中心的那群人终于意识到了噔噔的脚步声正在逼近，就像当初快速聚集起来那样，这帮人在我们眼前又一哄而散了。待尘埃落定，大部分的摊主也赶紧收拾好东西撤了。只剩极个别的几个人还站在原地不动，左顾右盼着，随后选择一方投靠了过去。就是这样。做出选择就这么容易。你要么是这边的，要么是那边的，否则就是一个胆小鬼。“比拉尔，他们有棍子。我们得赶紧离开这儿。现在就走。”萨利姆不出声地对我说。

我根本没有办法将视线从眼前的场景中移开。两群人中不知是谁大喊了一声，很快双方暴徒就紧紧地围上来相互攻击。

灰尘飞扬，弥漫了天空。我不清楚到底发生了什么事，只能呆呆地看着刚刚砍伐来的粗壮竹棍猛烈地挥舞着，雨点般落下，就像从飞扬的尘土中伸出来，不偏不倚地重重敲在一个裸露的脑袋上，声音像炸雷一样。看见那个被击的人踉踉跄跄地挪步，我往前走了一步，可萨利姆又把我拽了回来。那人捂着汩汩流血的脑袋，东倒西歪地向我们走来。看到我们，他瞪圆了双眼，嘴里还咕哝着什么。然后，他嘭的一声倒在了我们的脚下，脸也撞到地面上，那样子惨不忍睹。我推开萨利姆，跪到地上，把他的身体面朝上翻过来。我们惊悚地看着他的身体抽搐了几下，嘴也扭曲得不成样子，然后，就躺那一动不动了。萨利姆抓住我，把我搀了起来。我们转身跑开的时候，那个人的双目圆睁，盯着天空。

第十七章

“这幅画中遗漏了什么？”这是穆克吉先生最喜欢问的问题之一。他常常设置一个场景，让我们去鉴定，这样促使我们去思考以便给出有思想的答案。“不要猜，”他总这样要求，“用脑去想。”

我坐在小床上听着爸爸的呼吸声，暗自揣摩我的生活画面中缺失了什么。爸爸突然大声地咳嗽起来，肺里还不时发出沙哑的呼呼声。每一声咳嗽都回荡在小屋里，碰到墙再反弹回来，一下一下地捶击着我的耳膜，我不得不捂紧了耳朵。原来我缺失了这么多东西。我幸福的家庭哪儿去了？我拿起爸爸总摆放在他床头的那个小小的金色装饰盒，里面保存了一张我妈妈满面笑容的照片。那是除却书之外，我家唯一的传家宝了。妈妈去世的时候，我只有八岁，但还依稀记得一些关于她的事情。她的头发经常有一股玫瑰香水的味道，而且每逢周五她都会穿一件纯白的纱丽服。

八岁的时候，我觉得说某人死了就是一个天大的恶作剧。

我以为最后总会有人轻轻地推我一下，然后说："比拉尔，我们是在逗你玩呢，对不对？实际上，她根本没死。你要一直盯着门口，她随时都会从那儿走进来的。"

妈妈去世后，我记得有许多人来我们家慰问，有时会带来些食物，但更多时候，人们只是安静地坐着或是祈祷。萨利姆和我会在外面玩，我经常跑进那间安静的屋子，但总会被爸爸拦住。爸爸轻轻地抱起我，将我放到外面，还会陪我站一会儿。那是我有生以来唯一一次看到爸爸似乎不想待在屋里，那小屋可是他最喜欢的地方啊。萨利姆每晚回家后，我就坐在门外，手捧一本旧百科全书，翻看上面美洲虎的图片，或古老的拉贾斯坦邦王国的图片。爸爸曾经去过那儿。

那段时间，我总会无意间听到些窃窃私语，是从坐在我们家门前的妇女们那儿听来的；也有祈祷时听到的；还有在人们做饭时听到的。

人们都说，我妈妈的去世是命运使然，天意如此。听了无数次"命运"这个词后，我开始对它产生了好奇。我听说过疟疾，萨利姆就曾患过疟疾，还伴着高烧，整整两周他都不能出来玩。但是，我从来没听说过"命运"这种病，所以就下定决心要搞清楚它到底是什么病。我最先求助的，是我家书墙中的百科全书。翻了好几部自然历史的百科全书都无答案后，我又查了一遍爸爸收集来的厚厚的医书，可还是一无所获。所以，我决定问问医生这种神秘的病到底是什么。记得当时医生前来吊唁准备要走的时候，我跟在后面也走了出来，还用力拉了一下他的袖子，问道："'命运'是什么样的病啊？"

他撅起嘴，弯下腰单膝着地，说："比拉尔，你怎么会觉得那是种病呢？”

我记得，当时我像看一个疯子似的看着他，还举起双手愤慨地说：“大家都这么说。我妈妈就是死于这个病，不是吗？可问题是，我查遍了所有的书，书里都对它只字未提。但我爸爸常说，他满墙的书没有回答不了的问题。”

医生突然看起来很疲倦，叹了口气，说：“孩子，你和你爸爸一样，好奇心太重了。”说着，他把手放到我的后脖颈上，把我拉到他跟前，“比拉尔，命运不是一种病，你妈妈也不是死于命运。”

那一刻，我真的糊涂了。我气得双手在空中拼命地乱挥，腮帮子鼓鼓地问：“那为什么他们一直说是命运在作祟呢？”

“比拉尔，命运是一个很复杂的话题，一下子很难解释清楚。即使我解释清楚了，我想你也会觉得这个答案太过高深，不会满意的。”

我记得当时我就拉长了脸，很是生气的样子。事实上，我觉得他给我的回答没有任何意义，和其他事情一样，都令我很不满意。

医生看着我，还模仿我生气的样子想逗我乐，我不领情，他耸了耸肩。

“你啊，好问到底。就像是一只仅为了块小骨头，也不肯放弃的小倔狗。”他小声地嘀咕道，“喝点儿拉昔凉快一下，怎么样？”

尽管已时隔很久，但我仍清晰地记得发现真相时心中的那份不满。不过那天很热，我实在无法抗拒冰凉的拉昔的诱惑。

又一阵剧烈而痛苦的咳嗽声打断了我的回忆，把我猛地拉回到了现实中。听到爸爸翻身，我赶紧站起来去准备药。他一定是听到了我用杵碾压药面的声音，那些白药面是拉吉瓦拉给的。我递给他一杯凉水，看着他小口小口地啜着。他沙哑着声音问我。

“你在家里做什么？今天不去上学吗？”爸爸问着，还眨眨眼睛想赶走睡意。

我小心翼翼地看着他，拿开了他手里的杯子。

“爸爸，今天是周六，学校休息。”

爸爸感到困惑，也不是很清醒。我正准备递给他药的时候，他却坐直了身子，紧张地看着我。

“比拉尔，如果今天是周六的话，我们应该到你妈妈的坟头看看她。”

把药递给他，我又轻声地催促他往后靠着坐好，然后让他把药喝了。

“爸爸，你这个样子，怎么去啊？悬崖边上的那条路是很危险的。”

安静了一会儿，他又拽着我的袖子，把我拉到身边。

“那好吧。你自己一个人去，跟妈妈说说你的事情，再给她讲讲学校和市场上的事。”

“行，好的，爸爸。你先躺好，我一定去。”

“告诉她我现在很好。我很好。什么也不要担心。”

“我知道了，我会告诉妈妈的。”我轻轻地回答了一句。

“再告诉她……告诉她……”

我紧紧地抓着爸爸的胳膊。

“我知道，爸爸。我都知道。”

他抓着我胳膊的那只手渐渐松开，重新躺回去，嘴里还在喃喃自语。我无精打采地拖着脚步回到小床边，重重地坐了下去。身边的金色盒子一闪一闪的，我能看到妈妈正对着我微笑。已经有好几周了，我迟迟没去墓地看望妈妈。但爸爸是对的，我得去看看妈妈，给她讲讲我的事情。

可是，比拉尔，那算什么事情啊？告诉妈妈我一直对爸爸撒谎的事吗？还是告诉她我已经制定了详尽的计划来隐瞒真相？妈妈会怎么看我啊？

我啪地关上小金盒，站了起来。我要去和妈妈说说话。她会理解我所做的一切，因为她比任何人都更了解爸爸。我心想，如果现在出发的话，日落之前应该能赶回来。主意已定，我立刻跑去给卡塔打个招呼，告诉他我要出去一下。然后，我打包了一些米饭和几张薄煎饼，又带了一块毯子，因为到了悬崖上会非常冷。急急忙忙跑出小屋后，我才发觉忘了拿那瓶上山常带的玫瑰香水。于是，我又一溜烟跑回去，抓起小瓶。临出门的时候，我还留心听了听爸爸是不是还在咳嗽。欣慰的是隔壁房间静静的，一点声音也没有。

第十八章

以前每个星期六，市场关门后，我和爸爸都会带着食物，取道去妈妈安葬的地方。妈妈去世时，爸爸坚持要把她葬在一个特别的地方。当时，镇上至少有十个人为此事特地登门，他们想说服爸爸按照习俗和宗教，把妈妈也像别人那样葬在墓地。可爸爸不听，始终解释说："可是，她本来就与众不同啊。"

爸爸讲过，他们年轻的时候，那时还没有我，他和妈妈很喜欢到处野餐。妈妈最喜欢的地方是一棵高大的菩提树所在的位置。那棵树矗立在距现在这个城镇几英里之外的一个陡峭的悬崖上。爸爸解释说，许多年以前这座古老的小镇就坐落在那儿。而且大树见证了小村庄所有的重大决定。那时，我的高曾祖父意识到这个村子的发展潜力，认为它日后会成为周边村庄的中心，所以他劝服了长者、市场小摊主和村民迁移，村子慢慢地就形成了一个小镇。大树关切地目睹了人们数次的商议，他们一致决定要搬到一个更开阔的地方。临走的时候，他们带走了所有的东西，只把这棵巍然屹立的古树留了下来。

太阳落山的时候，我会和爸爸坐在那里和妈妈说说话。过一会儿我就走开了，让爸爸和妈妈单独说话。我溜达到树的另一边，爬到我最喜欢的最佳观察点，在那里我能看见整个集镇。爸爸告诉我，在我刚刚五岁的时候，围着树走都要花很长时间。我朝哥哥挥手，哥哥就立刻爬到树上，还在树枝上晃来晃去，那样子很危险。我向上指着，告诉爸爸我想上去。妈妈坚决反对，但是爸爸说服了她，说他要背着我向上爬。

“比拉尔，抓紧啊。”说完，爸爸就慢慢地爬到一个树杈上，然后我们俩一起得意扬扬地坐在上面。爸爸高兴，是因为他成功地背着我爬上了树；而坐在他膝盖上的我，在这么高的地方观赏美丽的景色，更别提心里有多乐了。记忆中，妈妈当时并不怎么高兴。她穿着翠绿色的纱丽服站在树下，焦急地催促我们赶紧下来。那就是我对于一家人最初的记忆。虽然有的时候，我会疑惑这到底是我记忆中的事情，还是爸爸讲给我听的，但是我一直声称这是我自己记下来的。走在通往悬崖的路上，我告诉自己，不管这段记忆是从哪里来的，我只为自己曾经做过那件事而高兴。

年复一年，悬崖上已被踏出了一条崎岖的山路。这是一条捷径，可以通往东面几里之外的另一个村子。季风季节，大雨冲刷后的山路会变得很危险。一步步走近悬崖，我心中暗自期望山路不要太湿滑，最好还能让我爬上去。我把毯子打成环状后系在腰间，还挽起了裤腿。通往崖顶的路很干燥，可我刚一爬上那道斜坡，就感觉脚下在打滑，我不得不小心翼翼地踏稳每一步。走到四分之一的时候，脚下的虚土开始顺着坡往下滑。突然我一个失足滚向崖底，砰的一声倒进灌木丛里一堆碎石泥泞中。

抖掉头发上的落叶，我站起来拍了拍身上的土。毯子系在腰上太松了，所以我把它搭在右肩上，环绕到左腋下穿过，又在胸前打了两个结。我咬咬牙，又顺着悬崖往上爬。这一次，我用双手牢牢地抓住所有能抓到的东西，活像一只在树上上蹿下跳的猴子。爬到一半的时候，脚下的土还在不停地往下滑。我手中抓着的石头松了一下，又要掉下去的刹那间，我赶紧努力让身体的每个部位紧紧地贴在崖壁上。持续了片刻，我转头看了一眼身后，只见朦朦胧胧的一片黑。此刻，我的双臂已经无力，全靠双腿向上蹬。我伸手去抓面前能抓的东西。右腿一滑，我赶紧往前爬了一点，拼命地把身体贴在崖壁上。恰好这时，我抬头看了一眼，一块大圆石正朝我滚来。为了躲开它，我猛地一闪，松开了手，我随着那哗啦啦的滚石和泥沙一起顺着崖壁，追赶着那块巨石滑落到了崖底。

我躺在地上，看着灰蒙蒙的天空。身边几英尺外，那颗大圆石也停了下来。我心想，*为何如此灰暗，一切都看上去如此灰暗*。我慢慢地站起身，向那块巨石走去。用双手轻轻拍了拍石头，指尖感受着石头的凉爽。看着它我就来气。我靠上去，脸颊紧贴在巨石上，肩膀顶住使劲推它。可我奈何不了它，它纹丝不动。我只得认命地放弃，坐在地上，背靠着巨石，把两条腿缩了回来。

我爬不上悬崖。看着手上的口子和膝盖上的伤痕，我站起身子，准备返回小镇。*就这样吗？放弃吗？这就是我的命运吗？当一个失败者？*

我紧了紧胸前系的结，确定那瓶玫瑰香水还完好无损，再一次沿着那条山路前进。我咬紧牙关，迅速找到攀登点就往上爬。我每动一下，石头和碎片都跟着滚落，但我紧紧靠着峭壁，双手弯曲成坚固的小钩子，双腿一英寸一英寸地慢慢向顶端爬去。我牢牢抓住一丛草，双脚用力一蹬，身子又向上爬了一截。落石激起了好多灰尘，我根本看不清前面的路。正当我极力眨眼抖落灰尘的时候，刚好看到又一块巨大的圆石正轰隆隆地朝我滚来。这一次，我根本没有时间给它让道，只能眼睁睁地看着巨石不断加速朝我滚来。我紧紧地闭上双眼，脑海里充满了爸爸的形象。一声尖锐的巨响后，头顶的上空嗖地旋起一股风，我睁开双眼，看到圆石已经落在了我的身后。原来它恰好弹起越过我后又滚落下去的！我赶忙寻找到另一个可抓的东西，继续往上攀爬。

我使出全力爬上了崖顶，仰面躺在地上，贪婪地呼吸着空气。回首俯视悬崖，我放声大笑，冲着全世界大喊。

“这就是命运！”

第十九章

在那棵巨大的菩提树的不远处，我找了一块平整的石头，慢慢地坐下来。听镇上的老人们说，这棵古树至少有两百年的历史了。从这里望去，树干酷似一群肩并肩、臂挽臂的人坚定地站在一起。我抬起头，目光顺着每根树枝前前后后、上上下下地看了又看，试图寻找这棵大树源于何处，最后又在哪里终止，但这一切都是徒劳。它的树枝纵横交错，不断向外舒展着，形成了一个巨大的枝干天篷，高高支撑在空中。妈妈一直认为，这棵古树是位女性的化身。她说："只有女人才能如此美丽，生命力如此旺盛。"爸爸笑着表示赞同。此刻，在落日余晖下仔细端详这棵树，我认为我明白了妈妈的话。

妈妈刚去世的时候，每一个周六，我们都会像往常一样，在市场关门以后去看妈妈。爸爸解释说，古树的母根衍生出了其他所有的子根，然后它深深地扎入泥土中，除非是被新的树根排挤，否则是不会再出来的。

"那母根后来怎么了？"我似懂非懂地问。

“她已经完成了她的使命。此刻，她正心满意足地看着她的孩子们茁壮成长呢。”

“可是现在看不见她了啊。”

“不是看不见，她只是隐藏起来了。”爸爸若有所思地回答。

“就像妈妈那样？”

“对，就像妈妈那样。”

我摇摇头，*我总是问这么傻的问题*。我多希望爸爸此刻就陪在我身边。我站起身来，绕到古树的那头，妈妈就葬在那边。

许多年前，爸爸就在那里放了两块平整的石头，专门供我们坐下来休息。我选择了靠坟头更近的那一块，把毯子铺开。我专注地看着菩提树，对妈妈讲述了我的事情。

“妈妈，我今天来这儿是想告诉您，我说了谎。我是个骗子。但对于我所做的一切，我一点也不感到后悔。我知道如果您还和我们在一起，您会理解我的。我很清楚这一点。您了解爸爸的为人。您清楚他获悉真相会有怎样的反应。我知道您会理解我的。可我还是觉得有点……我不知道……我现在还有别的选择吗？我是唯一一个可以看到这些变化的人吗？每个人都自欺欺人地相信事态会稳定，所有的一切都会过去。但是，您还记得吗？您曾告诉过我，季风不会偏袒任何人。不论贫穷还是富有，善良还是残暴，季风面前，人人平等。虽然如此，我们还一如既往地生活着。我们照旧天天上学；市场正常营业，摆摊，收摊；我们仍会打板球；依旧天天哈哈大笑。可与此同时，暴风雨在聚集力量。大家都在说谎，人人都是大骗子。妈妈，我是说谎了，但绝不是唯一的一个。”

屁股底下的那块石头让我觉得很不舒服，所以我站起来，伸了伸腿。然后，我动身走到菩提树旁边，穿梭在它的枝条中间。突然间，我在树的心脏位置，发现了一处小小的凹陷，它看起来像是一个经过粗略打磨的座位，于是，我坐了进去。

“妈妈，这是一个正义的谎言吗？爸爸经常告诉我，人活着，最重要的是依照自己的准则，而不是去满足他人的标准……”

我坐在那棵大树的心脏位置上，向外环视着茂密的树枝。我又闭上双眼，用手去感触那粗糙的树皮，设想着根与根在土壤里相互交织，血脉相连的情景。睁开双眼，再望着树枝向着天空茁壮生长的壮观场面，我能感悟到它们之前那种牢不可破的联系，也能感触到枝叶之间相互传递着的那股力量。

“妈妈，这才是它的理想状态。我们都是紧密相连的，根本无所谓开头与结尾。”

我站了起来。在返回墓的途中，我看到一条树枝从中间折断，在空中柔弱无力地垂着。原来从它的顶上新长出了一根树枝，年复一年，树枝茁壮成长，重力也在不断增加，压得它弯曲，最后它终于不堪重负而折断了。不仅如此，它还破坏了整棵大树的对称美。我凝视着那节折断的树枝看了好久，直到树荫低垂，什么也看不清。

我突然醒了。*我真是个笨蛋，居然睡着了！爸爸很可能在想我去了哪儿*。我活动了一下肩膀，深深地吐了一口气。*不过，我得放松心态，相信我的朋友。我总不能一下子出现在两个地方吧*。

我从毯子下爬出来伸懒腰的时候，夕阳刚落山不久。我晕晕忽忽地朝悬崖边走去，看到有人正四下挥舞胳膊，嘴里还在喊着什么，但听不清楚。我眯起双眼，极力想看清楚那个人。是萨利姆！我冲他挥挥手，赶紧跑回去拿毯子。

我在瓶盖边嗅了嗅，把带来的整瓶玫瑰香水全都喷到了坟上。想到就这么突然离开，我心中很是难过，便在坟前跪了下来。

“妈妈，希望您不要生我的气。希望您能理解我所做的一切，希望……”我说不下去了。

跑到悬崖边，我开始小心翼翼地往下走。萨利姆抱着双臂，站在山脚下耐心地等我。他皱着眉头，上上下下地打量着我。

“发生什么事了？你是不是刚从沟里爬上来啊？”

我低头看了一眼，感觉自己好像刚在泥土里滚了一遭。

“萨利姆，我告诉你你也不会相信的。”

他笑了笑，说：“如果故事里有你，我会相信的。你可以在路上慢慢讲给我听。不过，这不是我来这儿的原因。医生正在找你。他去过你家了。看到曼吉特、卡塔还有我，我们三个人在你家门外徘徊，他肯定有些疑惑。但是，他什么也没说。而且，我们还没来得及阻止，他就走进了你家的小屋。”

我的胃拧成了一团。*他们肯定交谈过了，他们经常聊天的，爸爸肯定什么都知道了，全完了。*

“没事的，别那么垂头丧气。我们当时也想听听他们说什么，就顺着小屋的那一头悄悄地爬到窗边，可是里面什么声音都没有。你爸爸睡得正酣，医生很明显并不想打扰他，所以简单地检查了一下，留了点药就走了。他出来的时候，叫了我一声。他直直地看着我的眼睛——你清楚他是什么样的眼神，问我你去哪儿了。我告诉他你去坟地看你妈妈了。他让我提醒你，今晚你得到村里帮帮他。所以，我就来找你了。”

“我们最好现在就立刻动身。”我回答，“直接去医生家吧，他可能已经不耐烦了。”

“比拉尔，我是一路跑来的。”萨利姆一边抱怨，一边拖着脚步慢吞吞地走，“最起码你得告诉我，你怎么看起来像是刚被大象从沟里拖出来的样子。”

“好吧，好吧。不过，我们立刻走。你也知道的，雨后那条路变得有多滑，是吧？好吧，我讲给你听……”

第二十章

医生住在远离市场的小镇外围的一座小房子里。他平时和大家并不来往，和病人之间也保持着一定距离。我曾经为这事还问过他。

“医生，你为什么和别人疏远？你不喜欢和大家住得近一点吗？”

像平时一样，他会看着我，考虑该怎么答复我。医生是个很斯文的人。

“我为大家服务主要通过两种方式：一是关心大家的身体健康；二是主持公道。作为一名法官，我必须做到公平客观。比拉尔，你明白这两个词的含义吗？”

“不，我不懂。”我回答他。

“这意味着我必须始终让自己置身事外。如果出现纠纷或问题，我必须公正地作出裁决。即便我和当事人是好朋友，我的决定也要不偏不倚。这样说你明白了吗？”

“是的，医生，我也这样认为。朋友就是个麻烦事，你不需要朋友。”

我记得当时医生笑了。他很少笑，所以我都能清楚地数出我使他发笑的事情，通常都是因为我的一些愚蠢的评论。

此时，我和萨利姆正站在医生家门口敲门。几分钟后，医生背着他的医疗箱出现了。看着浑身脏兮兮的我，他发出不满的啧啧声，然后又撅起了嘴。

“瞧瞧，我已经准备好出发了。不过，很明显，你并没有。”说着，他从我的头发中捡起一根嫩枝。

萨利姆不满地哼了一声，撞上医生怒视的眼神，便赶紧打住了。我的两只脚蹭来蹭去，不好意思地冲他做了个鬼脸。

我为自己辩解道:“爬上悬崖很费力的嘛，下过大雨后的山路也很危险啊。”

“我知道啊。所以，你觉得爬到崖顶是个好主意？比拉尔，老实说，你很可能因此摔断脖子，或被滚落的巨石压成肉酱。好了，现在回家去洗洗吧。我今天去看你爸爸了，他睡得很安稳，最近几天就不用给他加药了。”

“可是，医生，我觉得我还是该待在这里。万一爸爸需要我呢？”

“比拉尔，我觉得你可以休息一阵。离开这里一段时间会使你有些别的想法。”

“可是，医生……”

“比拉尔，我需要你的帮助。”

“好，可是，我不确定……”

“我很想让你明天陪我一起去，”医生坚定地说，“我认为照顾你爸爸的事，可以托付给萨利姆，保证你跟我出去的期间，你爸爸按量服药。”

“医生，我保证他会的。”萨利姆迅速答道。

“好！比拉尔，现在快回去吧。回去好好休息休息，明天早晨我们在这里见面。现在快走吧！”

我抓着萨利姆快速往市镇走去。

“我们现在该怎么办？也许，我应该装作生病了。”

萨利姆斜眼看着我，摇了摇头。

“你知道的，医生在百步之外都能识破说谎的人。”萨利姆意识到自己刚才所说的话有些不妥，笑了笑，“或许不是每次都那么灵验，不过你明白我的意思。不值得冒险，那样只会让他起疑心。”

“你说得对，可那样的话，我就离这里太远了。”

“我们都说会帮助你的，所以就让我们帮你吧。你跟医生去，把这里留给我们。我保证没人会去看你爸爸，好吗？”

我们快到家时，遇到了卡塔，他一直在外面闲逛。我用双臂紧紧搂住萨利姆和卡塔。

“好吧。不过，如果出了什么事，让曼吉特找他表哥帮忙用信鸽给我送个信，我马上赶回家。”

第二十一章

近两年来，一直都是我陪同医生去我们集镇周边的村庄。在这之前，都是爸爸常陪他去的，可是后来市场上事情太多爸爸走不开，就派我替他去了。每次我们都会一起选一本故事书，然后由我带过去读给村里的孩子们听。他们听爸爸讲故事有年头了,都特别爱听。所以,当有一天,我拿着书出现在他们面前时，他们对我也给予了一定的信任。爸爸略微点拨后，我也努力花心思琢磨那些孩子们的喜好。自那以后，他们似乎都真的喜欢上我讲的故事了。讲故事并不是我们去那儿的主要原因。每月一次，医生都会把他所能筹到的药品还有村民从集市小贩手里订购的一些东西装上驴车送过去。生了病的村民们也会在那个时候来找他。医生总是尽心尽力地为村民治疗各种疾病，这时，我就在一旁帮些忙。

我们离开小镇时，太阳已高高挂在天上。我坐在医生旁边，驴拉着我们和小货车缓缓前进。我伴着小货车一颠一簸的节奏来回摆动，感觉很舒服。周围的土地很平坦，一望无际地延伸在我们面前，宛如一片绿褐色的海洋。走出喧闹的小镇，四周万籁俱寂，只能听到毛驴的鼻息声和车轮转动发出的嘎吱嘎吱的响声。头顶的天空一片蔚蓝，偶尔还会飘过几朵白云，似乎季风的威胁已经远离我们。

有位妇女招手让医生停一下，她想咨询她丈夫所患疾病的情况。医生停下小车与她攀谈的时候，我闭上双眼，让心灵在寂静的环境中得到片刻安宁。穿过这个村庄往前走的时候，我们不停地向村民挥手示意，偶尔也停下小车和几个认识医生的农夫或老人攀谈一会儿。很多村民都邀请我们进屋喝杯茶或吃点东西，但都被医生十分礼貌地谢绝了。不过，他答应争取很快再来看望他们。小车慢慢悠悠穿行在这片土地上，我心中滋生了一种温馨的感觉，就像毯子裹着身体那样暖暖的。

“这里真安静！多祥和啊！”我低声自语道。

医生看看我，点头表示赞同，转过身眺望着远方。我用眼角的余光瞟了医生一眼，看他是否要说点什么，可他只是很平静地融入了小车摇来晃去的节奏里。

“不可能总是如此宁静，对吧，医生？”

医生叹口气，摇了摇头，说：“孩子，这种平静已经受到了干扰。”

“被打破了吧。”我心不在焉地回答。

“你说什么？”医生疑惑地问。

“安宁已经被破坏了。有些东西，一旦破了，就不可能修复。”我回答。

“不错，你说得对。但是，还是能修好，或许随着时间推移，它们会自动愈合。”

“一段时间是多久？”

“比拉尔，那要依人们的意志而定。”

“医生，如果没有意志，会怎么样？”

“那样的话，即使身体上的伤好了，但精神上也不算真正的痊愈。”

“凡事都要依靠意志，对吗，医生？”我盯着前方的那段路，茫然地问。

“比拉尔，意志是人至关重要的一部分。比如说你的爸爸。不管发生什么，他的意志是坚强的。尽管身体已经垮了，但他坚强的意志还一直支撑着他。”医生坚定地说，“他的意志永远不会被摧毁。”

“对，永远不会。”

“比拉尔,你想象不到你多像你爸爸。你们同样渴望亲眼目睹、广泛涉猎、刨根问底。你也像他一样，犹如一块海绵，贪婪地吸吮着生活赋予的一切真知灼见。”说完，医生看了我一眼。

“有时候，我宁愿自己不是那样。”

“是啊，看得出来，总要找出事物的意义可能会让人精疲力竭。”医生微笑着说道。

“医生，您就不会那样。”

“不，逻辑是我最好的朋友。孩子，我相信因果。一件事之所以发生,是因为另一件事情所致。并不存在什么更重要的意义，只是由于你的行为，才导致后来的结果。”

“那才是我想要相信的东西！那才是我向往的生活方式。”我壮起胆子说道。医生惊讶地看着我，撅起了嘴。

“比拉尔，可你是你爸爸的儿子啊。”

“但那种想法不现实，医生。”我小声嘀咕，因为我也憎恨这一事实：我似乎在背叛爸爸，

“什么不现实？”

“相信生活自有它自己的轨迹。那样的话，不管事情发展成什么样，将会朝哪个方向发展，上上之策就是不要担心，凡事顺其自然。”我回答。

“可是，比拉尔，如果那就是你得相信的东西，如果那就是你性格中……”

“如果是，那最好变革一下。我不想一辈子都沉浸在梦中，我宁愿和其他人一样生活在真实的世界里。”说完这话，我都不敢抬头看他的双眼。

“比拉尔，有时候，真实的世界非常丑恶。”医生意味深长地说。

“或许吧。可至少，它是真实的。”我说。

第二十二章

一进村子，就有一群小孩围过来，跟在小车的边上跑。我拿起我准备读给他们听的那本厚厚的故事书，冲他们挥了几下，他们立刻满怀期待地欢呼起来。看着热情洋溢的孩子们，我开心地笑了。我刚一跳下小车，立刻就被团团围了起来。医生还像往常一样，把小车停在一间废弃的小屋前面。他离开去见村领导的时候，我却被一堆关于"大城市"的问题缠住了。不过，最后我还是成功脱身了。去找医生的时候，我看见他站在一堆人的边上。我走过去,从医生站立的姿式就能感到一种紧张气氛。我用眼角的余光瞟了一眼，发现那边正在进行激烈的争论，还有人时不时朝医生这里看几眼。

"医生，出什么事了吗？"

医生并没意识到我正站在旁边，他迅速地摇了一下头。太迅速了！

"没，没事。一切都好着呢。他们只是在讨论应该让我们先从哪儿着手。"

我知道，**那是谎话**。那群焦躁不安的村民，很明显是分立两边的。一组支持，一组反对。**可是，反对什么呢？**

我能感觉到医生也越来越焦虑。他整个人都僵在那儿，一动不动。虽然看似在欣赏蓝天，实际上，他的注意力全在不到十米之外那场热火朝天的讨论上。

最后，那群人达成了某种共识，一位矮矮的长者向医生示意可以开始工作了。我走向小车停放的位置，想卸下一些我们带来的药品。

卸车的时候，医生紧紧地贴近我，在我耳边小声说："事情有点不太对劲。我不知道到底发生了什么事，不过，我们一忙完就赶紧离开吧。现在你就去把孩子们召集起来，给他们讲故事。或许这会给我们带来一点点善意的待遇，以防万一嘛。"

"万一什么？"我警觉地问。

"只是以防万一。"这是医生此刻唯一会说的话。他大步流星，径直走向那群正等得不耐烦的村民那儿。

我焦虑不安地走向孩子们，把他们都集中在村边那口井附近的一片空地上。在午后明媚的阳光下，一群大都很年幼的孩子们耐心地坐在我的面前。村民们仍旧扎堆地站在一块儿讨论着，不过讨论没先前那样激烈了。但是，他们还是时不时警觉地观察着医生。我尽可能地让自己轻松自如些，看着面前这些渴望的面孔，清了清嗓子。

"今天，我想给大家讲的故事是关于阿拉丁和他的神灯……"

刚讲完这个故事，几个小一点的孩子就欢呼起来，还要求再讲一个。就在这个时候，两个男人大步走向我坐着的地方，在我面前停了下来。

“跟我们走。”他们轻声说。

“去哪儿？”我急忙问。看着他们僵硬的站姿和眼中的神色，我不由得紧张起来。

“走就是了。医生正等着你呢。走吧。”

我拿起书，但他们立即示意要我放下。一个小女孩站起身——她不论听什么故事都坐在前排——从我手里接过书。

“我先帮你拿着，一会儿你再问我要。”说完，她便把书抱在了胸前。

我微笑着冲她点点头，悄悄地说了句“谢谢”，然后就和那两个男人并排一起离开了那些静静地围坐成一圈的孩子们。

我们走近先前停放小车的那间废弃小屋，在门口停了下来，他们示意我进去。一迈进小屋，我就听到身后的门被关上了，一根重重的木棍砰的一声被闩插在门上。医生坐在角落的一袋大米上。虽然他看似平静，但我能看到他眼中的愁云密布，还有别的什么内容——恐惧。

“医生，怎么了？”

医生站起身，开始在屋里踱步。他走到门口听了听，很是满意门外并没有人把守，然后又返回来坐下。

“比拉尔，就是我们刚才谈到过的事情。平静已经被打破了，而我们还远离家乡。我做完义诊分完药品后，村里的长辈们，其实我看到的主要是些年轻人，就把我带到这里来了。他们问我是不是穆斯林派来的奸细，来点他们的人数，然后把重要的情报带给那些准备袭击他们的大规模部队。”

到底这危险的局势还是降临到我头上了。我双手抱头，在医生的对面坐下来。

“他们怎么会那么想呢？我的意思是，我们好多年了一直来这儿，而且你来这儿的时间比我还长呢。他们怎么能那么想呢？”

医生站起身，又开始踱步。

“许多地方近来都发生了暴乱和抢劫事件。一个村民的亲戚几乎和我们同时来到了这儿，他把全国各地发生的一些暴力事件告诉了村里的长辈们。这儿的大多数人都不相信这些事，而且公开地发表了自己的看法。可村里的年轻人似乎都动摇了。他们经不起那个亲戚危言耸听的一番煽动，竭力说服了所有的村民，为整个村子的利益着想，就把我们关起来了。”

医生目不转睛地看着我，停下了脚步，他意识到，看着他来来回回地踱步，我会更紧张。

“可是，他们现在要把我们怎么样啊？我们不是奸细。他们什么时候才让我们走啊？我还得回去照顾我爸爸呢！”我哭着喊。恐惧使我的腹部再次痉挛，我痛得蜷缩起来。医生走到我身边。

“胃又出现痉挛了？比拉尔，我们得保持镇静。这些或许都只是说说而已。一旦村民们意识到他们的行为过激了，就会放我们回家的。腹部放松，别再咬着牙了。深呼吸，让你的身体放松一点儿。我们会没事的。我们只要耐心等待就好。”

我向后靠了靠，尽量慢慢地呼吸。他们会对我们做什么啊？我们并没有做错什么事情啊。我们只是把药品送过来，想尽力帮他们而已。我闭上双眼，心想，我们只能耐心等待，可我们在等待什么呢？

第二十三章

我们熬过了一个小时又一个小时，我就坐在那儿注视着医生绕着小棚屋一圈圈地踱步。许多年前，集镇的居委会决定设立一套方案，通过提供良好的药物来援助当地周边的村庄。医生自愿承担该项任务，把小镇仅能提供的少量药品输送给村民。一直以来，我们在乡村都极受尊重。村民还经常挽留我们多待一天，因为很少有人来看望他们。一想到这些性情温和的村民起初总把医生那更为先进的医疗方法和药品视为异物，还想要杀了我们，我就不由得放声大笑起来。我注意到医生不再踱步了，而是盯着我看。很明显，我的笑声惊扰他了。

“什么事情这么好笑？”医生问。

“是想这些村民居然要伤害我们。这根本就毫无道理嘛。他们会把我们怎么样啊？”

天色渐渐暗了。一缕月光从横插着粗木棍的小窗里透进来，勾勒出医生在地上来回踱步时留下的足迹。那是一个美丽又奇特的 8 字形图案。我又咯咯笑了，心想，**太像了**。就好像医生在紧张地来回踱步的时候，仍尽量保持着一个秩序井然的姿态。我走到窗边，向外张望。整个大地都沐浴在银白色的月光中，就连拐角处背光的地方还有影子在跳动。

“比拉尔，考虑这些事情根本没有任何意义。现在是特殊时期，是困难时期。人们的行为举止都不同以往了，所以我们根本不能指望他们还会理智地处理事情。”

我绞尽脑汁思考他的意思时，医生又开始来回地踱步。我也站起身走来走去，不过和他的方向正好相反。

夜晚徐徐降临，我把村民们可能会做的一切可怕的事情都想了一遍。多数情况下，他们可能会殴打或杀掉我们。我越走越快，直到追上医生，还差点踩到他的脚。医生把手放在我肩膀上，紧紧地抱住我。当我们目光相遇时，我第一次注意到，他眼圈周围的皱纹居然像手术刀留下的切口那样深。

伴着一声刺耳的声音，我们突然听到门上的木条被挪开了。我们站着没动。医生示意我离开门口坐下来，而他则双手背在后面，站在小屋中央。两个用头巾蒙面的年轻人走了进来，站定后，先是互相耳语一番，接着又走上前来。

医生说：“你们看，我来往这里已经八年了，还从来没有被这样对待过……”

毫无征兆的，那个个子稍高一点的年轻人狠狠地抽了医生一耳光，另一个则猛击他的腹部。

“闭嘴，你这条狗！你以为我们都很蠢吗？”

我被吓蒙了，过了好半天才反应过来发生了什么事。当看到那个矮个子年轻人抢起一根木棍，高高地举在空中的时候，我惊恐万分，大喊着跳起来扑向他。他吃了一惊，我们两个抱成一团摔倒在地。他从惊讶中反应过来后，紧紧地钳制住我的双臂。

“看好了，小孩儿，你要是再不闭嘴，我就用这根木棍打爆你的头。听明白了吗？”

我极不情愿地停止了反抗。他慢慢地从我身边走开，还拿木棍指着我。然后，他冲另一个年轻人点了点头。

“我们只是想问几个问题，问完就让你们走。”

此刻，医生是坐了起来，但看起来还是有点上气不接下气的样子。他大口地呼吸着空气，举起手表示同意。“问吧。”他气喘吁吁地说。

“谁派你们来的？”高个子年轻人问。

“我告诉你，我们是集镇委员会派来的。和往常一样。”

那两个年轻人交换了一下眼神，满脸疑惑，耸了耸肩。

“穆斯林教徒已经占领了你们的小镇吧？那是不是你想告诉我们的事情？”矮个子年轻用命令的口吻问。

“不是，当然不是。”医生争辩道，“我想说的是……”

矮个子年轻人恶狠狠地挥起木棍，打到了医生的鼻子上。我再次向他扑过去，想抢走他手里的木棍。可是这次他似乎对我早有防备，他用空着的那只手卡住我的脖子，一下子就把我扔到了地上。高个子年轻人走过来，把我死死地按在地上。

“我们知道你是一名医生，这里的有些村民甚至还认为你是个好人，但你休想骗得了我。老实告诉我们那儿有多少人等着进攻，我们好做一些必要的准备。说出来，你也免受皮肉之苦。好好想想吧。”

医生的鼻子还在不停地流血。他坐直身子，脑袋尽量往后靠。

“年轻人，我说什么还重要吗？你们已经想当然地认定了我们来这儿的目的。我来这个村子为村民送药看病，整整八年了。可我以前从没见过你，你们两个我都没见过。你们是谁？是政治煽动者吗？”

“你不用操心我们是谁。”

“是啊，你说得对。我用不着关心这个。因为半年或一年后，或者无论多长时间，我还会回来这儿。村民们会用歉疚的眼神看着我，可那时你们已经不在这儿了，对吧？你们会离开这儿，赶去下一个小镇鼓动另一场暴动。”

“老家伙，你不知道你在说些什么吧，是村民们让我俩来的。我们来这儿，是为了帮他们查明真相。”

医生低下昂着的头，盯着那两个年轻人。他笑了，鼻子里流出的血染红了他的双唇和牙齿。在月光的映衬下，他显得有点狰狞恐怖。

“小子，我的毛驴知道的真相都比你们俩多。”

那两个年轻人对视了一下，然后走向医生。高个子年轻人也拿起一根木棍。他们一起殴打医生，医生疼得把身体蜷成了一团。我一边高喊着“救命”，一边跳起来扑到了高个子年轻人的背上。他把我举起来，狠狠地给了我脸上一拳。那凶猛的一击把我抛出去好远，又重重地摔到了地上。我正要挣扎着站起来的时候，矮个子年轻人扑过来猛踢我的胸部。我无能为力，只能眼睁睁地看着医生默不作声地惨遭毒打。直到他们停了手，我才意识到我一直在尖叫着求救，却始终无人理睬。

他们跨过我的身体，拉开那扇重重的门，然后转身说：“要知道，我们是想帮你，才给你这个机会的。不过，明天早上要来的那些人可就没有这么仁慈了。”

我捂着肚子，看着他们离开，门嘭地关上后又用木条重新拴好。医生已经挣扎着坐直了身子。我手脚并用爬到他身边，重重地斜靠在一袋大米上。

“医生，你还好吧？”

“骨头没断。我觉得，这充其量只能算是个热身行为，名符其实的暴徒明天早上就要来了。”说完，医生轻轻地动了动鼻尖，疼痛使他不由得抽搐了几下。

“你就不能跟我撒个谎吗？”我问。

“撒谎？撒什么谎？”他疑惑地回答。

“可能会发生的一切啊。告诉我所有的事情都会好起来的。”

“什么意思？”

“你那样说的话，我会感觉好点儿。”我轻轻地说。

“那只是暂时的。你终究会了解真相的。”医生严肃地说。

“要真到了那个时候，也没关系啊。”

“对我来说有关系。”医生说着，想试着坐得舒服点儿，脸上却现出疼痛的表情，“离天亮还有好几个小时呢，现在担心也没用。我们坐下来等着，看会发生什么。”

盯着布满灰尘的地面上那个被踩得模糊的 8 字图案，我感觉到双腿好像还在移动似的。千百个念头从脑子里冒出来。*我必须回家，我得待在爸爸身边*。绝望悄悄爬上我的心头。再看一眼坐在对面的医生，他双肩低垂着，头埋在双手里，这情景叫人实在难以承受。

“医生？”

“怎么了？比拉尔。”医生头也没抬地回答。

“我得告诉你些事情……关于我最近正在做的一些事情……”

把那个谎言向医生坦白后，我的感觉不好也不坏。医生的脸上也毫无表情。不过我知道，他正在认真考虑我说过的话。

医生根本没有时间告诉我他的想法，因为门外又传来一阵刺耳的抓挠声。我闭上眼睛，仔细地倾听，以免我的耳朵欺骗了我。又响了一声！但是，医生还深陷在他的沉思中，没有任何反应。我迅速走到门口，竖起耳朵听着外面的声响。医生也察觉到了，随即站了起来。

“什么声音？”他问。

“我听到一阵抓门的声音。我觉得门外有人。”

我们两个人都把耳朵贴到门上听着。抓门的声音又响了起来。

“嗨，能听到我的声音吗？”我小声说。

“嗨。”门外传来了一声弱弱的回应。

“你好！能告诉我们发生什么事了吗？他们要把我们怎么样啊？”

长时间的沉默。我能听到身边的医生咚咚咚的平稳心跳声。

“他们认为你俩是间谍。他们说，要是放你们走的话，你们会向其他人告密，来攻击整个村子，还会掳走全村的妇女。他们觉得……”

这一次的沉默令人窒息。此时此刻，我能听到自己胸腔内心脏咚咚咚的撞击声。

“他们觉得什么？”我小声地问。

“他们觉得，最好的办法就是不让你们离开。”

“你会帮我们吗？”医生轻声问道。

“我怎么帮你们啊？”那个声音低低地问。

“你能把门打开让我们出去吗？”

门外传来一阵窸窸窣窣的脚步声，但很快就戛然而止了。

求求你！不要把我们留在这儿！

“我个子不够高，够不着那根木条。就差一点儿。”

“那儿肯定有什么东西是你能站上去的，对吧？一只木桶或其他什么东西。”

“都太重了，我搬不动。”

“而且，不管怎么样，搬东西都会发出很大的声音。”我补充道。

“肯定有什么东西能帮上你的。”医生焦急地说。我感受到了他声音里的绝望，也紧紧地贴着门。

“没事的，别着急。我们哪儿也不去，就等着你。”我试着逗笑。

但是，没有人笑。小屋里的光线正在慢慢改变。天快亮了。如果我们现在不逃的话，就永远也走不了了。我和医生将耳朵紧贴着门板，先是听到了更多窸窸窣窣的声音，接着是小碎步跑开的声音。我意识到我们又孤立无援了，惊恐地看着医生。他离开门板，一言不发，慢慢地回到先前坐着的那袋大米跟前。我转过身来背靠着门板，身体慢慢地滑坐到地上，用双手支撑起耷拉的脑袋。我们现在远离自己的家，周围都是陌生人。我从没想过会出现这种情况。我只熟悉那个集镇，那才是我认为自己会从生到死一辈子待着的地方。以前我对自己这种想法非常确定，认为不会有任何别的可能性发生，那样就像在我脸上狠狠打了一巴掌一样，绝不可能。

突然，我听到门外有人返回来的脚步声和更多窸窸窣窣的声音。紧接着是一阵哼哧哼哧声,还夹杂着物体摩擦的嘎嘎响声，那声音大得快要把整个村子都吵醒了。木条挪开以后，门被慢慢推开了。出现在我们面前的是那个小女孩，正站在我托付给她的那本又厚又重的书上。她微笑着从书上走下来，小心翼翼地把书从地上捡起来，然后拂去书皮上的灰尘。站在我旁边的医生惊异地看了看这个抱着我的故事书的小女孩，然后快步走到我们的驴车前。

"你怎么会来找我们？"我问。

"我想把书还给你，我说过我会给你的。"

医生匆匆忙忙返回来。"趁村民还没醒，我们得现在就走。"说完，他冲小女孩笑了笑，又走回到小车旁。

我双膝跪地，咧开嘴冲她微笑。"我们现在必须得走了。非常感谢你的帮忙。"

"没事的。我不想让他们伤害你们。"她回答。

"多亏了你，他们才不会得逞。不过，你千万不要把这件事告诉别人。你必须回家，假装这件事情根本没有发生过一样。"

"好。"说完，她把书递到我面前。

"不用了。这本书现在是你的了。为了感谢你的帮助，我把它送给你。就告诉他们，我忘记带走了，或者找个其他的什么理由。我希望这本书能给你带来很多乐趣。"

小女孩惊讶得双目圆睁，随即便把书紧紧地抱在胸前。我吻了一下她的额头，然后跑向小车。我们挥手和小姑娘告别，之后立即动身离开村子。

第二十四章

我们一路颠簸，疲惫不堪，总算快到小镇了，感觉全身都是僵硬的。踏进小镇的那一刻，我的心里沉甸甸的。四肢重得像灌满了铅，脑袋都耷拉到了胸前。但是，我又昂起了头。我回家了，爸爸需要我，现在不是感觉虚弱的时候。医生像往常一样坐得笔直，把驴车直接赶到了他的家门口。他停车下来，表情略带几分痛苦，或许是因为僵硬的肢体，也有可能是因为身上的伤痛所致。

“比拉尔，我们绝对不能把这事告诉别人。镇委员会里的某些人可能会借此机会挑起事端。把它留给我处理吧。如果我们什么也不说，严格来说就不算撒谎。”

看着医生苍白憔悴的面容，我点了点头。这么说来，只要你不张嘴，严格来说就不算谎言。对，就是这样。撒谎的规则似乎比我想象中的还要微妙。

“我会恪守秘密的。”我一定能做到。

“回去先看看你爸爸，看看他是否还好。咱们走之前，我去看过他。那些药似乎能帮他缓解疼痛。一定让他多喝点水，再让他吃些新鲜水果。我会尽快过去给他检查的。”

“好的，医生。再见。”

我跳下小车，从医生身边走过的时候，他挡住了我，双手紧紧地捏着我的肩膀。

“关于那件事情……关于你爸爸……”他开口说道。

我的那段自白分量太重了。此刻，它结结实实地打在我的双肩上，几乎要把我打倒在地。

“我们俩有必要再谈谈。”医生轻轻地说完，转身离去。

第二十五章

我步履艰难地走进小镇，走向我们的最佳瞭望点，去和卡塔打招呼。他把头从老屋的房顶探出来，招呼我上去。

“卡塔，有什么新闻啊？萨利姆在哪儿？”我问。

“我也不知道他在哪儿。我想可能他家里有事吧。”

“什么事情啊？”

“他没说。不过，他说会很快回来的。哦，他还让我告诉你，你爸爸昨天醒来后，问起你去哪儿了。他还问萨利姆手边有没有报纸，想要了解时事。萨利姆找借口离开了，但你爸爸要他明天买份报纸送去。”

“他不能看报！他会立刻明白发生的一切！所有的报纸上都有关于分裂计划的新闻，那会让他心碎的。”我就知道，他终究还是会想到要看报纸的。

“可是，他想看啊。你也知道他决定要做一件事的时候是什么样子。”卡塔说着，耸了耸肩，“他有点儿像你。一旦主意已定，就不会放弃的。”

我揉揉眼睛，深深地叹了口气。一旁的卡塔，不停地晃着脑袋。

“你干吗那样看着我？”我诧异地问。

“你干吗看起来那么沮丧？”卡塔回答，“好好想想。只要你肯想，总会有办法的。”

我揉了揉额头。卡塔总是把所有事情都想得那么简单！不过，我觉得最好还是满足爸爸。

“那么，接下来该怎么办呢？”我疲惫不堪地问。

“嗯，你只能自己印张报纸了，不是吗？太简单了！”

说完，卡塔颇为自得地返身又去削他的木头。我烦躁地闭上了双眼。突然，灵机一动。卡塔说得对啊！我可以自己筛选一些大事，印一份自己的报纸嘛。我拍拍卡塔的后背，跟他道谢，说了声再见就走了。

到家的时候，刚好是午饭时间，爸爸这会儿还在打瞌睡。我动手煮了点儿米饭，还做了点儿小扁豆好下饭。米饭下锅后，我坐在爸爸的床尾注视着他。他呼吸均匀，咳嗽也轻多了，但还是很消瘦。除了被枕头垫高的脑袋，几乎都看不出来在厚厚的被子下面还躺着一个人。爸爸的身子一向很单薄，但现在，挂在他身上的皮肤紧紧地绷在骨架上，就像有人从后面用力地把他拉起来似的，整个身子像一只勒紧了鞋带的褐色皮鞋。他的双颊向里凹着，眼睛也深深地陷进眼眶，所以当他看着你的时候，只有两点明亮的火花在闪光，像极了漆黑的夜空中两颗孤单的星星。

我轻柔地按摩着他的双腿，促使它们恢复活力。

“爸爸，醒醒。”我轻轻地叫道。

爸爸睁开双眼，嘴角挂着一丝微笑，就像刚从一个遥远的梦中醒来似的。

“哦，你回来了。我还以为你要走好几个星期呢。怎么样啊？”他问。

“你知道的，和往常一样嘛。我们尽自己的一点微薄之力，他们也尽力而为。”我尽可能平静地回答道。

爸爸似乎很满意这个回答。他慢慢挣扎着坐起来。

“我们得吃午饭了。”说完，我把米饭和扁豆端了过来。

“我不太饿。”爸爸叹着气说。

“那也得吃。你不能整天不吃东西，老是做梦。”我劝道。

“这倒是真的。做梦是一件苦差事啊。谁知道在梦中要走多久啊？可能是几天、几年，甚至可能是几个世纪。”

我先搬来自己的凳子，又将爸爸的盘子递给他，然后端来自己的饭，一坐下来，我就开始大吃，实在饿坏了。

“有趣的是，有时候啊，梦里的事情似乎异常的真实，”爸爸还在津津乐道，“你几乎能感受到它。可是，当你醒来后，它就会像一捧尘土一样，在你还未来得及抓住它给它塑形之前，就从指间悄悄溜走了。我唯一记得的梦境，都是关于你和你妈妈的。”

我一边继续狼吞虎咽地吃着，一边点点头。爸爸还没开始吃。我用手指指他的餐盘，板起了脸。他顺从地抬起手，开始吃饭。

“或许那些关于我和妈妈的梦根本就不是梦，而是你的幻想或记忆呢。”我说。

“嗯，从这个角度看也很意思啊。比拉尔，你一般都梦到什么啊？”

我想告诉他："爸爸，我梦到你不会死，梦到妈妈还和我们在一起。"

但此刻，我只是淡淡地说："爸爸，我不怎么做梦。不过，我做过好多白日梦。"

"关于什么的啊？"

"你知道的嘛。板球打得更好啊，像雄鹰一样在天空展翅翱翔啊，还有管理了整个小镇啊，诸如此类的。"

"宝贝儿，都是些很好的梦想嘛。"爸爸赞许地说。他低头看了看餐盘，又举起了手。"孩子，我觉得我只能吃这么多了。不要生我的气，这些天我真的没什么胃口。"

餐盘里的饭几乎没怎么动，只是从盘子的一端移到了另一端。我无奈地从他手里接过盘子。

"好吧。不过医生说得让你吃点新鲜水果，所以我给你带了一个石榴。熟的。你可以用你那套独特的手法把它切开，这样我们就能一起吃了。"

爸爸接过我手中的石榴和小刀，然后，他把石榴放在一只手掌中，另一只手选一个角度把刀插进石榴里去，接着又绕着石榴的周围切了好几刀。切最后一刀的时候，他看着我笑了笑。他在石榴的顶部划了一个圆形的口子后，把小刀取了出来。石榴像花一样在他掌中绽开，火红的石榴籽像一颗颗小小的红宝石，在爸爸手心里闪闪发光。

第二十六章

清晨的阳光穿过小屋的缝隙照进来了，房间里摇曳着黄灿灿的光点。我睁开一只惺忪的睡眼，看了看洒满书墙的光束，然后用一个胳膊肘撑起身子，想看清楚阳光照到了哪几本书上。尽管沐浴着太阳的光芒，房间里还是有些许的凉意。

听到爸爸醒来的声音，我起身去泡茶。晃动茶壶的时候，萨利姆从门口蹦着跳着跑了进来，蹲坐在我身边。

“泡了三个人的茶？”他问。

“你现在在这儿不停地冲着我喷热气，我也没的选择啊。”说完，我捅了他一下。他一下子失去平衡，四肢着地坐在了地上。重新坐起身子的时候，他正经了许多，看着我往杯子里倒茶。

“比拉尔，这些日子我爸爸和我们说了好多事，都是关于……”

“比拉尔！”隔壁房间里传来爸爸沙哑的叫喊声。

我丢下一旁啜着茶的萨利姆，抓起小床上的毯子给爸爸盖上，一直把毯子拉到他的脖子底下掖好。爸爸突然醒了。看见我在身边，他笑了。

“我刚才又在做梦了。”他笑着说。

“爸爸，你一直在做梦。”我咯咯笑着说。

“没有一直做梦。最近我睡得比较多。”

我扶爸爸坐起来，让他靠在一个枕头上，然后把一杯热气腾腾的茶递到他手中。一束阳光透过窗外的竹子射了进来，照在爸爸脸上。耀眼的阳光下，他的皮肤呈半透明状，我都能看清楚他皮层下的血管。我好几次想把目光移开，却都忍不住要去看爸爸那纸一般薄的皮肤、深陷的眼睛，还有那所剩无几的头发。在那半束阳光的照射下，爸爸的脑袋更像是一个没有肉的头骨。爸爸将自己挪入阳光中，让温暖的阳光尽情地照射着他的脸颊。这一幕让我联想到了一朵花朝向太阳，尽情吸收阳光。穆克吉先生说，这是自然界的本质。花儿靠阳光盛开，人依赖阳光生存。我接过爸爸手中的茶杯，吻了一下他的前额，然后扶他在床上躺好。他看起来又有点儿困了。我正要转身离开的时候，他轻轻地抓住了我的手。

“比拉尔，我觉得我的日子不多了。”他轻轻地说。

“爸爸，别那么说。你依然很好。”我回答。

他攥紧我的手，点了点头。“你说得对，我还在。可我得找个什么方法，让我感觉自己还是这个世界的一部分。比拉尔，你好久没给我报纸看了。我敢说，外面世界发生的新闻一定能让我精神为之一振。给我张报纸看，好吗？”

“当然可以了。可问题是……嗯，现在外面正闹罢工呢。可能你得等一段时间，才能有报纸看了。”

“太奇怪了。要是报纸都送不过来的话，这罢工可就闹得有点严重了。不过，很快就会停的，对吧？”

“下周就该停了吧，我会给你找张报纸的。现在先休息，我一会儿再来看你。”

“好，比拉尔，听你的。”说完，他闭上眼睛，把毯子拉上去紧紧贴着胸脯。

我返身走到隔壁房间，萨利姆还蹲坐在那儿喝茶。

“你听到了吧？”我问。

他点点头，喝了一大口茶，说：“嗯，你有主意了吗？”

“我们得去找找辛格先生，说服他为我们印一份报纸。”我回答。

“真的要那样做？让他印报纸？”萨利姆难以置信地问。

“对，就那样做。”我打定主意便出发了，萨利姆紧跟在我后面。

第二十七章

辛格先生的印刷作坊坐落在集市另一端的香料卖场后面。我和萨利姆一道快步穿过集市的时候，注意到有几个货摊莫名其妙地空了。走近那处小院的时候，我极力在头脑里搜索所有关于辛格先生的记忆。但除了记起他和爸爸的年龄差不多外，我真的什么有用的东西也想不起来了。我模模糊糊地记得，爸爸每逢要帮镇委会印什么东西的时候就会来找他。我站在辛格先生的家门前，绞尽脑汁地思考着处理这个问题的良策。

“你准备怎么说？”萨利姆问。

“我也不知道，看情况尽量合作吧，好吗？”说完，我敲了敲门。

辛格先生看到两个小男孩站在他家门前，似乎并没有一丝高兴的表情。他脸上的胡子密密麻麻，满面怒气地低头看着我俩。

“你们想干什么？”他怒气冲冲地说。

“您好，辛格先生。我们来这儿，是有事想请您帮忙的。”我满脸堆笑地说。

“帮什么忙？”他的眉头皱得更深了。

“哦，我们正在做一个学校布置的作业，其中有一个任务是制作一份特殊的报纸。班上大部分同学都准备用手写体，可我们觉得如果印出来的话会更好。我们真的想给大家留下深刻印象，对吧？萨利姆。”

萨利姆瞪大双眼看着我，然后慢慢地点了点头。我也微微颔首回应，拍了拍他肩膀。

“虽然我很想抢功，但实际上是萨利姆想出这个主意的。”我兴高采烈地说。

辛格先生沉着脸把视线转向萨利姆，很显然是在责备萨利姆来打扰他。萨利姆正自顾自地忙着用脚尖摆弄石块。辛格先生的手还搭在门板上，用他那硕大的身体挡住整个门口。他轻轻地把门板前前后后地摇晃着，似乎他还没最终下定决心该不该帮。

“这么说来，是穆克吉先生让你们来的？”他疑惑地眯着眼睛问。

此时的萨利姆，是真的和石块较上劲了。在辛格先生的怒视下，显然，他有些心虚不敢抬头。

“不，不，不，当然不是了。我们不能告诉穆克吉先生，原因有二。第一，我们想给他一个惊喜，这样他就会对我们的别出心裁印象深刻；第二，我们也不想让班上任何人知道这件事，不然，他们也会过来敲您的门，打扰您，还会问各种愚蠢的问题。那不是我们想要的，对吧？辛格先生。”我信心十足地问。

“当然，当然不是了。”辛格先生说完，叹了口气，打开门让我们进去，“你们进来吧，不过不许碰任何东西，也不许往任何东西上坐，更不要问一些愚蠢的问题。”

“不会的，辛格先生，我们不会的。”说完，我抓着萨利姆的胳膊，把他拉进屋。

辛格先生进了另一个房间。这间房里就剩我和萨利姆了，我俩相视一笑，为事情能进展到这一步而高兴。辛格先生回来后坐在一个小凳上。那个小凳看起来用了很久了，都快支撑不住辛格先生硕大的身体了。

“那么，我要印的东西在哪儿呢？告诉你，我可不负责给你写或者校订。你自己把文章准备好,前期工作都要做完。还有，我只给你印一张封面，两页的内容和一张封底。对这种东西，我能做的就这么多。而且，我跟你说，做到这些我已经很慷慨了。”

看着一旁的萨利姆，我开心地笑了。“当然了。我们正汇总文章呢，过几天就能都准备好了。我们想把事情做得尽善尽美。我想您明白我的意思，辛格先生。”

辛格先生坐在摇摇晃晃的小凳上转了个身，沉着脸不耐烦地挥挥手，说:“星期五把东西拿过来，否则我要改主意了。”

“我们计划的就是星期五那天，对吧，萨利姆？没问题，我们会在那之前送过来的。”

“最好那样。现在你们不用去学校吗？或干别的什么事？快走吧，跑步过去，要不就迟到了。”说完，他把我们撵出来，然后门在我们身后咣当一声关上了。

我冲萨利姆笑了笑。他把胳膊搭上我的肩膀，我们一起朝学校的方向走去。

“现在，就剩写文章这么一件小事了。不过，如果辛格先生看了我们的材料，又会发生什么事呢？”

“一点点来解决吧。萨利姆，这是我现在唯一能做的事了。”我无奈地回答。

萨利姆赞同地点点头。我们飞快地穿过那些莫名其妙变得很空荡荡的街道。

第二十八章

我们那天上学迟到了，于是躲在门后，等着穆克吉先生转身往黑板上写东西。坐在后排的曼吉特看到我们后，在他两侧给我俩一人留了一个位置。时机到了！穆克吉先生转身在黑板上强调重点的时候，我们踮着脚尖溜进了教室。我们迅速坐好，专注地盯着黑板，装作对老师讲的东西很入迷的样子。在穆克吉先生舒缓的声音里，我慢慢地静下心来，脑子里一直想着要怎么拼凑一份报纸的内容。

我要写点儿什么东西呢？长这么大，我也没写过这么多东西啊。

一整天就这样消耗完了，一想到我必须做的那件事，我就越发焦躁不安。

写一份报纸？我当时怎么会这么想啊！如果辛格先生告诉别人怎么办？或者，要是他向穆克吉先生问起这个“作业”，怎么办？要是他去家里见爸爸，又该怎么办？

当你讲真话的时候，别人连眼睛都不会眨一下；当你说谎的时候，别人也一样连眼睛都不会眨一下。二者唯一的区别就在于你的感觉。说谎的时候，你感觉越不好，碰到的问题就会越多。所以，我决定做任何事情都不要先把它想得那么糟糕。

突然有人捅了一下我的腰，打断了我的思绪。放学了。穆克吉先生正在讲结束语。

“咱们明天见，大家不要把书落下。其他人都可以回家了，比拉尔和萨利姆留下，我想和你们俩说几句话。”

等全班同学都走完了，我和萨利姆慢吞吞地走过去，站到讲桌前。穆克吉先生还在收拾他的讲稿和材料。我们俩站着，极力避开不去看对方。萨利姆跟跳舞似的，单腿着地，来回换着蹦，却愁容满面。过了一会，穆克吉先生总算抬起了头。

“说说吧，今天早上你们怎么迟到那么久？每天早上上课的时间都一样，而你们俩都住在学校附近，只有五分钟的路程。班上还有从邻村过来的孩子们呢，人家都能按时到校。说说吧，你们迟到的原因是什么？”

萨利姆还在不停地左右摇摆着，没有抬头看一眼，仿佛他没什么话可说似的。我只好清了清嗓子。

“是这样的，老师，嗯……萨利姆到我家，找我一块儿上学，我给我爸爸沏好了茶。正要出门的时候，我突然想起来忘了配药，所以只得赶紧去做，萨利姆说要等等我，结果我们就都迟到了。”

撒谎对我来说，越来越容易了。

穆克吉先生直直地盯着我俩，然后起身掏出怀表看了一眼。

“这也不能解释为什么你们俩前一刻还没到，而下一刻就奇迹般出现在课堂上啊。你们到了以后，为什么不站在教室门口向我解释一下，却要悄悄地溜进来呢？”

“老师，我们只是不想打扰您讲课。我们只是想……”

“不对，你们在说谎。萨利姆，你怎么了？你怎么用这样的表情看着我？”

“老师，我真的得去一趟厕所。”

“那你去吧。继阿米特上次的那场‘洪水’之灾后，我可不想教室里再出现一摊尿。快去吧。”

萨利姆小心翼翼地踮着脚尖走出教室，生怕会突然憋不住了。

穆克吉先生摘下眼镜，揉了揉眼睛。

“比拉尔，你有什么事吧？”

“老师，没有，我什么事都没有。”我耸耸肩，故作轻松地回答。

“我知道，你和你爸爸现在都很不容易……但你还是得……释怀。你不能把所有的事情都封在心里一个人扛，否则有一天你会崩溃的。”

保守秘密总比说出来要好。说出来，又有谁能理解呢？

穆克吉先生叹了口气，叫我坐下来。他把一只手放在我的肩上，轻轻地捏了捏。

“想不想和我说点什么？”

“没什么要说的事情，我……我……”我结结巴巴地回答着，极力想挣脱穆克吉先生搭在我肩上的手，但他稳稳地扶着我的肩。

“请你告诉我吧。”他恳求地说。

“老师，我不明白您什么意思。真的，我，呃……真的没什么事。”我不知所措地回答着，突然觉得好累。穆克吉先生搭在我肩上的手，像一麻袋土豆那么沉重。

萨利姆返回教室后，在我身边站定，把他的胳膊搭在我的另一边肩膀上。

“比拉尔，告诉他吧。”他轻声建议道。

像被蜂蜇了一样痛，我抬起头看着他。**不要背叛我啊！**

“比拉尔，你不能总是一个人把所有的事情都扛起来。我能帮助你，别人也可以帮你。告诉老师吧。”

他在说什么啊？我甩甩头，脑袋里充斥着各种念头、记忆、想法、谎言、计划，还有梦想……肚子里一阵翻江倒海，我疼得蜷缩成一团。穆克吉先生蹲在我身边，关切地跟我说话；萨利姆则在一边焦急地看着。

“比拉尔，吸气。放松。你肚子里有个结，你得放松。吸气。”

我做了几个深呼吸，感觉肚子渐渐轻松了。那股强烈的绞痛感轻了许多。萨利姆紧挨着我，坐在地上。

“我哪儿也不会去。告诉我。从头开始说。”穆克吉先生说完，也坐了下来。

我看了萨利姆一眼，他鼓励地点点头。我凝视着穆克吉先生的脸庞，他的眼神温柔而慈祥，像爸爸的眼睛。

“人人都说谎……”我从头说起。

听我讲完以后，穆克吉先生看上去有点不知所措。他掏出怀表，开始不停地在教室踱来踱去。

“或许他也想去趟厕所？”萨利姆在我耳边小声嘀咕，想逗我笑，但我此刻丝毫没有心情开玩笑。

我刚刚把实情都告诉了穆克吉先生，虽然讲出来时有些难，但我现在感觉好多了，肩膀上的重担也轻了不少。穆克吉先生终于停住脚步，重新坐了下来。我看到老师下巴绷得紧紧的，眼中流露出疲倦的神态。

“比拉尔，我爱你的爸爸，我感谢他为我所做的一切，他为我争取到了这份工作。当我听说他将不久于人世的时候……唉，我都要崩溃了。所以，苍天知道你会有多么痛苦……我很是羞愧，没去看望他，但看到他那个样子，我会更难以承受。”穆克吉先生直起身子坐在椅子上，重新戴上眼镜，“我说不清对你所做的事情是种什么看法，但是我想告诉你，出于对你爸爸的热爱，出于对你——他的儿子这样做的理解，出于对你要做成这件事的困难程度的了解……我会帮你。我还没想好怎么帮，但我会帮你。”

坐在我身边的萨利姆兴奋地站了起来，长长地松了一口气。

穆克吉先生决定帮我们了！

“我会为你保守秘密的。”他轻柔地说。

我觉得自己疲惫不堪，快撑不住了，低低地说了句“谢谢”后准备离开。可萨利姆突然挡住了去路。

“穆克吉先生，事实上，我们现在就需要您的帮助。您知道吗？我们得自制一份报纸，星期五就……”

“你最好把这事原原本本地告诉我。”老师焦急地说。

于是，萨利姆把整件事都告诉了穆克吉先生。

“比拉尔，就你一个人！我能不感到惊讶吗？不过我说过会帮忙，就一定会帮。你们准备怎么做这份报纸？”

“都安排好了。我们只管写好，辛格先生会帮我们印出来的。”我回答。

“那他怎么会同意的？”穆克吉先生诧异地问。

“我们告诉他，这是为完成学校布置的作业。”萨利姆插嘴道。

穆克吉先生惊讶地瞪大双眼，摇着脑袋说："这么说来，在这场游戏里，你们两个已经先行一步了，我得抓紧时间赶上了。"

萨利姆猛地站了起来，说："我得走了。"他一脸焦虑的样子。

"怎么了？"我惊讶地问。

"哦，没什么。回家帮我爸爸干点活儿。我会顺道去看一眼卡塔，告诉他你和穆克吉先生在一起。"

"哦，对了，那个放哨的。相信那个小捣蛋鬼千方百计地逃课也是为了你们的计划吧！他比任何人都需要来这儿学习。"

"穆克吉先生，您说过您会帮忙的。"我申辩道，"如果卡塔不待在屋顶的话，我们就没有办法知道谁要去拜访我爸爸了。"

"好吧，没事，我理解。"他回答，"告诉卡塔，如果他需要帮忙的话，就到我家去找我们。我得赶紧回家了，要不我夫人会出来找的。"

萨利姆应允了一声后，就赶紧跑出了教室。穆克吉先生收拾好东西，装进公文包后，看着我。

"怎么了？你看起来还是一副忧心忡忡的样子。是担心萨利姆吗？"他关切地问。

"是啊。他有事瞒着我，可我不清楚是什么事。"

"了解并帮助所有人解决他们的问题，是你分内的事吗？"

"不是，不是您想的那样。我只是觉得不太对劲。他为什么不和我说呢？他一向什么事都和我说的。"

"没事的。给他点时间，他会来找你，把困扰着他的所有事情都讲给你听的。也许，他只是不想在这个时候再给你增加负担了。"说完，穆克吉先生锁上学校的大门，领着我沿着街道往前走。

“嗯，或许吧。”我将信将疑地答道。

也许穆克吉先生是对的，我还有别的事情要操心。如果事态严重的话，萨利姆会和我说的。这一次，我不会逼他说出来，而是等着他自己准备好了，亲口告诉我。

第二十九章

穆克吉先生是一个非常聪明的人。他就读过的每所学校，他都是以班上第一名的成绩毕业的。他唯一的梦想，就是当一名老师。穆克吉先生知道，我们这里人员混杂，总是因为一些高深的概念和各种不同想法争执不休。他能成功说服集镇委员会同意开办一所学校，简直就是一个奇迹。而且，让他颇感幸运的是，我爸爸对这件事极力赞成。后来，集镇上的私营摊主们也勉强接受了。他们觉得，让孩子们学点算术，了解一下国家的历史可能会有用。但还是有很多家长把他们的孩子留在家里帮忙照顾生意。穆克吉先生不辞辛苦经常登门拜访，请求他们同意让孩子去学校学习，还说他们学到的知识对家庭、对生意、对整个社区都会有益的。

穆克吉先生的家在学校出来的那条街对面。那栋房子比我家的小屋要大好多，有四个隔间，包括一间书房、一间卫生间和一间厨房。那房屋让人感觉温暖又温馨。窗户全都敞开着，金色的阳光照亮了整间屋子。地面刚扫过，还铺上了柔软的小地毯。床上的垫子是崭新的，蓬蓬松松地鼓起来，很诱人的样子。我坐在一只矮凳上环视四周，不禁想起了我家的小屋。我们那两间发霉的简陋小屋里弥漫着皮革、书本和灰尘的味道，还有一些其他的东西。我明白是什么了，那是一股死亡的气息。而这儿，一切都截然不同。这儿有人生活的气息。

在穆克吉先生回来之前，我得让自己的大脑先休息会儿。什么东西啊，有这么好闻的味道？我记得它。它是妈妈最喜欢的……是什么呢？哦，对了，我想起来了，是茉莉。

我感觉有只手在轻柔地摩挲着我的脑袋，睁开一只惺忪的睡眼，只见一位身着白色纱丽服的妇人。她正微笑地看着我……是妈妈？

“比拉尔，该醒醒了。来和我们一起吃饭吧。”穆克吉夫人说。

我揉揉眼睛，坐了起来。穆克吉先生坐在地上正等着我们，招呼我过去坐在他身边。穆克吉夫人顺手拨弄了一下我的头发，也坐了下来。

“比拉尔，去洗洗脸吧，那样会清醒些。”她建议道。

我走出去，拧开水龙头，用凉水洗了洗脸。我们三人在祥和安静的气氛下吃着饭，穆克吉夫人不停地往我的餐盘里夹菜。吃完饭后，我们一个个肚子滚圆，满足地坐回原来的座位。

我环视四周，又看了看穆克吉夫妇，不由得一阵伤感袭上心头。*这一切，都是我想要却从未拥有过的东西。*我感觉泪水刺痛了我的脸庞，咕哝着说要去趟洗手间，赶紧避开了。坐在洗手间里，我开始思索离开的理由。几分钟后，穆克吉夫人过来找我。

“比拉尔，你没事吧？快出来，我把茶沏好了。”

“就来。”我回应道。

再次走回房间的时候，我看到他们都在等我。穆克吉夫人递给我一杯茶，然后让我坐下来。穆克吉先生透过眼镜上沿，瞟了我一眼。

“爸爸会担心我的，我得赶紧走了。”我低声道。

穆克吉先生看看太太，眉毛扬起，得意地说：“现在知道了吧，我告诉你的是实情。”

我疑惑地皱了皱眉，看看老师，又看看夫人，问道：“你们在说什么？”

“我跟我夫人说你总是动个不停，”老师答道，“你从来不会静静地坐着或站着。即使你做到了，哪怕就一小会儿，你也会在心里告诫自己要动起来，就像你现在想做的那样。”

穆克吉夫人在我旁边坐下，拉过我的手。

“比拉尔，穆克吉先生已经把一切都告诉我了。他还告诉我你发誓要做的事情。”夫人说。

“你觉得我是个傻瓜，不是吗？”我问。

“不，我觉得你是个很勇敢的孩子。不过，这样的重担不该由你这么个小孩子独自承担。”

“可是，已经再没有别人了。”我平静地答道。

“你哥哥呢？他当然也该承担些责任，有些重担应该由他承担。”

“他有自己的事情要操心。无论如何，我不能把这些事都告诉他，他不会理解的。”我回答说。

“在今天之前，你还认为我无法理解呢。”穆克吉先生说，“比拉尔，你应该找他试试。”

“下次拉弗奇回家，我会跟他说的。”我说。*要是他真的会再回家，我就跟他说。*

穆克吉夫人听了我的回答很是欣慰，起身到厨房去了。几分钟后，她再回来时，手里拿着些食物让我带回家。我注意到夫人的眼睛红红的，好像刚刚哭过。我接过她手中的那包食物，轻轻地道了声谢谢。她将我拥在怀里，紧紧地抱着。

“阿姨，我会好的。把一切告诉你们后，我现在感觉轻松多了。事情会越来越容易解决的。”

撒谎越发容易了，欺骗也是如此，只去想自己需要做的事情也没那么艰难了。

穆克吉先生站在门口等我。

“比拉尔，明天你不用来上学了。”老师说。

“不去上学？”

“对，你要待在家里，开始准备报纸。我已经给你写了几条要注意的基本原则，不过我觉得还是应该由你来写。当然，我会帮你的，不过还是得由你自己执笔写出来。”

“可是，老师，我连写新闻最起码的常识都不知道呀！我该从哪里开始？我该说些什么？”

“从真相开始说起，然后用自己的方式一直写下去。”老师回答说。

老师把最近发行的几张报纸连同他写好的注意事项一并递给了我。

“来，把这些拿着。它们会告诉你该怎样开始。然后，明晚我们一起做。”

出门的时候，我微微地笑了一下。

“老师，我刚刚想到了一个标题。”我说。

“是什么？”

“只有一个印度！”我回答。

“比拉尔，这真的是个非常恰当的标题。”挥手告别的时候，老师轻轻地说。

回家的路上，我感觉到了久违的舒心。

第三十章

因为我决定要着手准备报纸的事情，所以第二天起了个大早。爸爸睡得正酣，我边喝着热茶边享受着清晨的宁静。突然，一阵吵闹的喊声打破了这份安宁。

“你这个狗崽子，我们会抓到你的，你等着瞧。”

“来啊，你们这群臭蟑螂，你来啊。”

我蹑手蹑脚地跑到门边，向外张望。我看到哥哥正背对着大门，一步步后退着靠近小屋，嘴里还不停地冲远处那条街上的几个男孩叫骂着。

我心想，*拉弗奇，别把麻烦惹到这儿啊，我们最不想看到的就是这条街也卷入纷争*。我认真地观察着那几个孩子。*他们为什么不动啊？*我明白了。他们是在等着看拉弗奇会进哪所房子。那一刻，我很惊慌失措，如果他进来了，那几个人就会知道这里是他的家，那么以后就会有更多的麻烦找上门来。我攥紧了拳头。*不要进来，你要是敢进来*……那几个人慢慢地往前挪了几步。我心里很纠结，他毕竟是我的哥哥啊。*我应该出去*

帮帮他。但这是他自己的事情啊，而且不管是不是兄弟，他都不应该把麻烦带到家里来。我仍然犹豫不决，更加仔细地观察了那几个人。他们看起来要比我哥哥年龄小，即便真打起来了，哥哥也能摆平他们，说不定还会狠狠地揍他们一顿。或许，这就是他们一直不敢往前追的原因吧。

紧接着，他们捡起了几块石头。哥哥距离小屋只有几步远了。千万别进来啊！你这个愚蠢的家伙。他在小屋门前停住了，但没向里张望，而是开始用一些恶毒的语言大声呵斥那几个男孩。他们被激怒了，不停地向哥哥扔石头，但距离太远了，根本伤不到他。哥哥骂得更凶了，弯腰捡起脚边的一块石头。与此同时，他把什么东西踢进了小屋。那是一块小石头，上面包着一层纸。

我看了看那张纸条：今晚十点，草场边的木桶堆后见。

我悄悄返回门口，看见哥哥扔了几块石头后，镇定自若地往右一拐，消失不见了。那几个人骂骂咧咧地追了过去。他们追不上哥哥的，他比任何人都熟悉这边的巷子。

我无语地摇了摇头，又重新坐下来忙我的事情。今天晚上，我要告诉他，没有他在身边，我们过得比以前更好了。我得让他明白我要做的事情，还得明确地告诉他别再回来了。

第三十一章

那天晚上，去木桶堆的路上，我还是很生气。为什么每次想起这个哥哥的时候，我都会满腔怒火呢？那不是一种想揍他的冲动，而是一种发自内心的气愤，犹如体内驱之不去的慢性疼痛，它有话要说。它想诘问他，**什么时候起一切都变了？从什么时候开始我们不再做兄弟，而成了熟悉的陌生人？**爸爸也曾是哥哥心目中的大英雄，但近几年来，哥哥变得和以前大不相同了。他整日和爸爸争吵，而且还总不回家。刚开始的时候，我并不理解，而且好长一段时间都想不明白。爸爸从来没有与人真的吵过架，也从来不发脾气。有一天，我终于明白了他俩争吵的真正原因所在。他们争吵是因为他们互为彼此的对立面，就像冷与热一样。哥哥脾气急躁，而爸爸却总是镇静自如。不管爸爸说什么，哥哥都会顶嘴。爸爸越是保持冷静，哥哥就越发生气。特别是在讨论与政治相关的话题时，气氛更恶劣。也就是因为这个，哥哥离家出走了。

我意识到自己一直走得飞快，于是有意放慢脚步，深深地吸了一口气。

现在，和哥哥生气也无济于事。他有他的选择，我有我的做法。只要他不来搅和我的事情，其他什么都无所谓。

快走近那堆木桶的时候，我绕了过去，想看看能不能先发现他。但那儿的隐蔽处太多了，随便一处他都能藏进去。冷不丁不知从哪儿伸出一只手抓住我的衣领，一把将我拽到一个漆黑的地方。

“放开我！听见没！”我大喊。

“嘘。你这个愚蠢的家伙，你会把全镇子的人都吵醒的。”

我挣脱开哥哥的手，狠狠地把他推开，转过身来看着他。

“我蠢？我不是那个被人追着满街跑的家伙，也不是总给家里惹麻烦的那个人，不是吗？如果我愚蠢，那你呢？”

哥哥气坏了，点燃一支烟，一屁股坐到木桶上。

“不是。你当然不是。我差点儿忘了。比拉尔，您是一个圣人，对吧？正直善良诚实的圣人比拉尔，这么年轻，这么睿智。”他一边喷着烟圈，一边冷笑着说。

我深深地吸入一口气，告诉自己：想想来这儿的目的，保持冷静。

“你找我干吗？”我故作镇定地问。

他没能激怒我，于是恼羞成怒地用烟蒂指着我。四周太黑了，借着烟蒂的光我都没能看清他的脸。那忽明忽暗的光点在空中划出奇奇怪怪的形状，耳边传来他熟悉的声音。那个声音，还和小时候读书给我听的声音一模一样。

“我想问问老头子的近况，还想听听你的计划。”

“什么计划？”我诧异地问。

“比拉尔，我们上次说过了啊。这里很快就会被整个夷为平地。这里会被炸毁的。你肯定不想待在这儿看那一幕发生的，老头子也不想。”

“我上次也和你说过了，我哪儿也不去，爸爸也不去。”

“可是，比拉尔，他们并不想让我们继续待在这儿。你还留下来干吗呢？”

“哥哥，因为我们的家在这儿。这里是爸爸生长的地方，也是我们出生的地方。我甚至都不知道那个新巴基斯坦是什么样子，去那儿我们能干什么啊？”

“问题不在这儿，关键是……”

“可是，对于我和爸爸来说，这**就是**问题的关键。你要想走的话，你可以走。我们留下来。”

“你还是不明白。对我来说，现在回家有点困难，不过我会找机会和老头子谈谈。他可能不想走，但他肯定会让你走的。”

“你竟敢因为这事回家！”我愤愤地低声说，“哥哥，家里不欢迎你。”

“比拉尔，你到底在说什么啊？”

此刻的哥哥，听起来又气又惊。我感觉到体内五脏六腑疼得缩成了一个个的小球，而我心里承受的巨大压力几乎让我大声哭喊出来。**得让他知道**。**告诉他吧**。所以，我说了。

我把整件事情都告诉了哥哥，他坐在木桶上，努力想理解我的话。他手中的烟头慢慢燃着，直到烫着他的手指尖。他把手猛地向后一缩，嘴里还骂骂咧咧的，然后用力把烟头弹出去，眼睛盯着它飞出去的方向看。过了一会儿，他又点燃了一根。

“比拉尔，你不能那样做。”他轻轻地说。

“我已经在做了。现在，我不会中途放弃的。”我回答他，语气中流露出来的自信远远超过内心的感觉。

“比拉尔，可那是谎言啊。你在对他撒谎。彻头彻尾的谎言！”他近似咆哮地喊道。

每次听到他说“谎言”这两个字，我的心就像刀子在割一样。不过，没关系，什么都无所谓了。

“它确实是谎言。但是说到真相，如果你的话是真相，那我宁愿相信我的谎言。”

“比拉尔，可你怎么能容忍自己说谎呢？爸爸是出于对你的信任，才让你照顾他、关心他、和他讲真话。可你怎么能这么做呢？”

“很简单。我爱他。我对他的爱，胜过世界上其他的任何东西。如果你留了下来，如果你决定做一个像他那样的人，你就会明白的。”

“我不明白。”

“我不在乎。我只想让你不要回家，不要用你的‘真相’来打扰我们。你那真相太丑陋了，我们一点也不想知道。”

月光下，我看清了他的脸庞。他的眼泪像一颗颗微小的珍珠般闪着光芒，顺着面颊慢慢滑落下来。

“比拉尔，没必要这样……”

在失去勇气前，我把视线从他的脸上移开了。

“有必要。”

我走了。只剩哥哥一个人坐在木桶上，手里还夹着快燃到指尖的香烟。我转身离开之前的最后一个念头是，如果他不够小心的话，烟头还会再烫他一下的；可是，如果他还是没能吸取上次的教训，那么，我也无能为力了。

第三十二章

星期五那天，我和萨利姆两个人颇为得意地再次来到辛格先生的印刷坊。我为报纸的事情忙活了整整一周，白天忙着写东西，晚上还得去找穆克吉先生商量。辛格先生打开门，大声嚷嚷着让我们进屋。他接过我们翻阅了好多遍的那几张草稿，然后说让我们一个小时后再回来，他要做一些印刷前的准备工作。

在等待的这段时间，我和萨利姆顺便去屋顶看看卡塔，和他坐了一会儿。他一直喋喋不休地唠叨着即将举行的一场斗鸡赛："不是一场简单的比赛哦。这场比赛将给所有的斗鸡赛画上句号……"

我们跟卡塔说好一会儿再回来，之后又返回辛格先生那里。不过这一次，我们已没有了先前那种信心满满的样子。我敲了敲门，屏住呼吸等着。门晃了两下就开了，一个声音划破了寂静。

"你们俩现在可以进来了。"

萨利姆把我推到前面，我们走进房间。辛格先生双臂交叉地站着。很难说清楚他是不是在生气，因为他总是一副怒气冲冲的样子。

“这到底是什么？”他指着我们送来的那几张零星的纸问。

“不是你认为的那种新闻。”萨利姆未加思考就脱口而出。

“对，就算不是我想象的那样。那这些是作业吗？写这些东西，这些……”

继续说啊，说出来啊，辛格先生，你知道是什么的。

“这些都是谎言。写这些谎话连篇的东西干吗用啊？嗯？”

“我们只是想把它弄得与众不同一点，仅此而已，辛格先生。你知道的，就像假设事情这样发展。”萨利姆一边结结巴巴地说着，一边用求助的眼光看着我。

“这样做是有充分理由的。您能把它印出来吗？”我的问题打断了萨利姆结结巴巴的解释。

“印这些……这些胡言乱语的东西？不，我不印。这全是无稽之谈，编造的事，谎言。印这些东西，纯属浪费墨水。”辛格先生说完，坐在那把快散架子的小凳上，脑袋摇个不停。

“好吧。”说完，我就走出了他的小屋。萨利姆则向一旁吃惊的辛格先生道歉。

我沿着街道一直走，听到身后萨利姆的喊声才停住脚步。

“你怎么回事啊？如果你耐心地跟他解释，他或许会同意的。”萨利姆生气地嚷嚷道。

“萨，虽然我很努力地去准备这份报纸，但他说的是对的。都是谎言。或许再大声说出来的谎言也只不过会像落叶一样随风飘去，无影无踪；然而，一旦把它们写出来的话，就创造了一份我们说谎的记录。形成我们美丽的谎言。”

我们听到身后的街上有人在喊，转身看到辛格先生正大步走来。

“你们要跑哪儿去啊？”他一边喘着粗气一边问。

“您说您不印了嘛。还有什么好说的？”我没好气地回答。

萨利姆在一旁哼哼着。

辛格先生把手叉在腰上。“这事情没那么简单，你们肯定有事没告诉我。”他把眼睛眯起来，紧紧地盯着我看，“你是古拉姆大哥的儿子？”

那一刻，我想到了撒谎。可萨利姆用胳膊肘捅了我一下，我只能嘀咕了句“是”。

辛格先生低声骂了一句脏话。“我们得谈谈。”说完，他把我们迎回到他的小屋，还倒了三杯茶，示意我们坐下。

“我很小的时候，就认识你爸爸了。他比我年长几岁，我们一起上学。”他指着印刷机，笑了笑，“知道吗？这台机器是你爸爸帮我凑钱买来的。我打赌你肯定不知道。他对书啊或其他印刷出来的东西都特别感兴趣，所以他特别渴望咱们这个镇能自己印刷出咱自己的新闻和传单。我是唯一一个会写作和编辑的人，这个任务便很自然地落到了我的肩上，但要是没有印刷机，一切都是徒劳。你爸爸说服小镇委员会筹到了钱，借给我买机器，我的印刷坊就是这样起步的。要是没有他的帮忙，我可能还……我也不知道我现在会在做什么。”

我感觉萨利姆在盯着我看，于是不出声地用口型问他：“什么？”他回应说：“告诉他吧。”

如果按照萨利姆的这种套路，整个小镇都会知道的。

“辛格先生，”我开始了我的讲述，“如果你真像你说的那样了解我爸爸，你或许就能理解我为什么要做这份报纸了……”

我解释完之后，辛格先生把我们的那几张纸浏览了一遍，然后哈哈大笑，洪亮的笑声在小屋四周回荡。不过此时，他的表情缓和了好多，眼神也温和了许多。

“你确定要这样做吗？我把你爸爸当做大哥一样来爱戴，但我们这样做对吗？”他轻声问。

“还有其他的选择吗？辛格先生。”

他抬眼望着天花板，小声祈祷了一句：“古鲁指引我们……”

然后他猛地拽下机器上那块重重的沾满油墨的帆布，双手叉腰转过身来面对着我们。

“交给我吧。明天就能印好了。现在，出去吧，我得集中注意力，还得把这些杂乱的东西排好顺序。你们先走吧。”

第三十三章

站在三位传教士面前，我低头不语，只是盯着双脚。他们已经前后来过四次想进屋拜访爸爸，每次都被我找借口挡了回去，要么说爸爸睡着了，要么说他身体不舒服。可是这次，他们坚决不走。我知道如果我把实情告诉他们，整个集镇的人肯定会慢慢地全知道事情的真相，或者说——那个我精心编造的谎言。即便如此，我告诉了他们的话，我们所有人的生活都会轻松好多。我挺直身子，将我决心要做的事情解释给他们听。

“你向我们说谎！”牧师大叫道。

“道德上，这是不能被接受的。”伊玛目说。

“你爸爸必须知道真相。”祭司补充道。

“上帝会对所有这些事作何感想啊？”牧师大声叫嚷着。

“我不知道上帝是怎么想的，因为我没有问过他。不过，我觉得如果我问了，他也会理解的。”我平静地说。

萨利姆站到我右侧，双目怒视着他们。曼吉特则挑衅般地站在我家小屋门口，手里还拿着一截小树枝在剔牙。

“理解？”牧师说，“可是，孩子，这是假话，是谎言。你爸爸，他就要……”

“够了！祭司先生，伊玛目先生，还有你，牧师先生！”萨利姆提高嗓门打断他们的话。

“没事，萨利姆，没事的——”我劝阻他。

“不行。不能这样算了。”他边说边站到我前面，“在比拉尔家的门口，说这些话就不行。来无端指责别人就不行。你们不要，也不可以来……来……”

“萨……”我又试图打断他。

“所以请走吧，让我们做我们要做的事情。”萨利姆继续说道。

“神啊，引导这些孩子说真话吧。”祭司说道。

“真主阿拉，宽恕他们吧……”伊玛目也开口说。

我心怀感激地看着萨利姆冲三位教士大喊大叫，而他们气愤地使劲拧绞着双手，还不时地冲我发出责备声。曼吉特也一边剔牙，一边开心地看着萨利姆咆哮着冲他们发脾气。过了一会儿，我把一只手放到萨利姆的肩膀上。他转身，不再大喊大叫，还往后退了一步。我依次看了看这三位传教士，然后举起双手示意，他们也停止了交谈。我能从他们嘀嘀咕咕的话语间觉察出他们内心的不满。

“您三个人都想让我说出事实？”我问。

意见一致，他们异口同声地回答“是”，还赞同地点了点头。

“确定那样做最好吗？”我又问道。

他们又一次达成共识，表示同意，还夹杂了一阵刺耳的念珠、链子和厚重衣物抖动的声音。

“那么，好吧。祭司先生，您第一次来传教的时候，告诉所有人您在德里受过一位名师的教诲。但大家都知道，其实您来自金奈，从来没有去过德里。”

“不是，那个不是十分……”祭司语无伦次地辩解。

“伊玛目先生，您告诉大家，您的儿子在政府机关担任要职，但我们都知道，其实他就住在巴达利亚附近的一个小村子，是一个土匪。”

“呃,不是。我的意思是,你说得对。他是住在巴达利亚附近，但他不是……”

“还有您，牧师先生。最后一次有人找您忏悔是什么时候啊？”

“呃，有一阵子了吧。事情进展得有点慢，我们的教会很小……”

“牧师先生，您喝醉的时候，会把信徒的忏悔泄露给所有愿意聆听的人，恐怕这个也有一定影响吧。”

“无信之徒？你的意思是，我们是无信之徒。”牧师反问。

“您知道我的意思。”我说，“您几个人都知道。”

站在一旁的萨利姆和曼吉特惊讶地张大了嘴巴看着我。我把他们推到一边，然后敞开门，向三位教士做了个“请”的手势。

“所以，请进吧。我相信爸爸一定很愿意听听您说的事实。”我说道。

他们三人脚底好像生了根似的，站在寂静的街上，纹丝不动。

“我们不想打扰他了，要是他正在睡觉的话……”牧师先开口说话了。

“对啊，他需要休息。和我们这三个老头子叽叽喳喳说一通，对他的身体也起不了什么作用。”伊玛目紧跟着说道。

“说得对，说得对。比拉尔，你替我们转达问候吧。上帝会保佑他的。”牧师补充道。

祭司闭着双眼做祷告，伊玛目把双手举到空中，一边摇晃一边祈祷。牧师数算着念珠祈祷，把目光投向了远方。

“感谢您三位的来访。”我客气地说道。

“孩子，什么也不要想。告诉他，我们会为他祈祷的。”牧师说。

看着他们渐渐远去的身影，我背靠着墙，滑坐到地上。

“比拉尔，那……”萨利姆开口说道。

“我知道，人们迟早都会知道我做的事情。可是，刚才那样做，我并没有觉得有一点点的好受。”我打断了他的话。

“可是，比拉尔，你……”萨利姆一边语无伦次地说着，一边极力寻找着措词。

“比拉尔，你只是说出了他们应该知道的事情。”曼吉特平静地说，“如果他们不想听，就别那样做啊。他们肯定不会告诉别人自己都做了些什么。”

“谢谢你，曼吉特。你说的话让我感觉好多了。”我欣慰地说。

曼吉特点点头，滑坐到我旁边。萨利姆还站着，在想怎么表达清楚自己的意思，不过，他转了转眼珠，最终放弃了，也滑坐到地上。

“你们看到他们脸上的表情了吗？”萨利姆吃吃地窃笑着问。

“真是太有趣了。”曼吉特回应道。

“太难以形容了。就好像他们……我也说不上来。”萨利姆说。

“好像他们对曝光的真相很惊讶似的。”曼吉特补充道。

“我能理解。”我耸了耸肩膀，说道。

“什么意思？”萨利姆不解地问。

“谎言说得久了，就成了真的。谎言也就不存在了，剩下的只是你自己那个真实的版本。”

“像刚才那样，听到实情在公开场合被抖搂出来，肯定有点惊讶。”曼吉特说。

“那一定像是牙齿被人狠狠地打了一下啊。”我赞同道。

“你觉得你体验过那种感觉吗？”萨利姆好奇地问。

“没有。我永远都不想有那种感觉。永远都不想。”我坚定地回答。

“还有件事，我们把报纸弄好了。你爸爸看过了吗？”萨利姆问道。

辛格先生为我们仿着报纸的样子，做了一份逼真的赝品，用一种特殊的纸张印刷出来，感觉像真的报纸一样。他自己对成品十分满意，还亲自把报纸送到了小屋，为能尽自己的绵薄之力而感到自豪。

“我想等到今天晚上再给他，这样的话，他就可以在睡觉前借着烛光看报了。”我回答。

“你觉得，他能觉察出来吗？”曼吉特担忧地问。

“我觉得不会。最近他总是在睡觉，醒着的时候他都不确定自己在哪儿。有的时候，他似乎错把我当成我妈……”

“用我陪你吗？”萨利姆关切地问。

“不用，不用。你回家吧。明早我还会像往常一样，去屋顶找你的。”我答道。

曼吉特和萨利姆悄悄离开的时候，我注意到光线变了。我走进小屋关上门，整理好报纸。爸爸躺在床上，睁着双眼，一动不动地盯着屋顶。

“爸爸，你醒了！感觉怎么样啊？”

爸爸惊讶地看着我。他不太确定自己身在何方。

“爸爸，你看。我给你带了报纸回来。”我高兴地说。

爸爸突然清醒了好多，一下子来了精神，还冲我感激地笑了笑。他从我手中接过报纸，举到眼前，借着烛光眯着眼睛，读了起来。他读报的时候，坐在床上的我尽量压抑自己内心的烦躁。读完以后，他放下报纸，对我笑了。

“比拉尔，我跟你说过，一切都会没事的。”他兴奋地说。

“爸爸，你说得对。现在，都没事了。”说完，我拿走了他手中的报纸，为他备好药后，安顿他躺下准备睡觉。

第三十四章

一周后，我们坐在屋顶上，看着市场仿佛渐渐从沉睡中醒来。最近，敢开门营业的货摊越来越少了。那些继续做生意的摊主都是意志坚定的商人，他们下定决心要维持自己的正常生活。

正常，可什么是正常呢？我敢断定，正常肯定不是彼此仇恨，恨到想把他人杀死或致残的地步。那样肯定是不正常。

四下看看，我能感觉到我们几个小伙伴之间的紧张气氛。萨利姆的乐观一向很具感染力的，此时他闷闷不乐地坐在屋顶的边角望着远方，双腿还是搭在屋脊的两侧，但没像往常那样无忧无虑地摇来晃去。我知道，他还是有事情没和我说。他也有个秘密，那个秘密让他心情沮丧。曼吉特坐在离我们稍远一点的地方，正一声不吭地削着一块木头。那块木头已经被削得只剩一截残根了，可他还在漫不经心地削着。他的心思也没全在这儿。在过去的一个星期里，曼吉特变得越来越沉默寡言了。我感觉到他在看我，可当我转过来看着他，冲他微笑的时候，他却把目光移开了。太阳慢慢升起来了，我们都沐浴在明媚的阳光下，可大家彼此视线相遇时，却都赶紧把目光移开了。

卡塔连蹦带跳地跃上台阶，也来到屋顶，把我们几个从思绪中拉了出来。他挨个地看了看我们，觉察出了彼此间的不自在。可这种气氛以前就没影响到卡塔，现在更不可能了。

“斗鸡比赛就在今天下午！那两只鸡可是我所见过的最大最凶残的了。下午会有很多人都去那儿的。咱们也得去！”

曼吉特停下手里的活儿，低头用陌生的目光看了一眼那截小木头，然后把它扔掉了。

“斗鸡是给成年人看的。要是他们抓住我们，肯定把咱们轰出来。”曼吉特说。

“没事，没事的。我叔叔会护着咱们的。再说了，那儿会有那么多人去，他们也不一定能发现咱们。”卡塔一边回答，一边兴奋地蹦来蹦去。

“这场斗鸡有什么目的吗？为什么会有那么多人去？”萨利姆疑惑地问。

“我也不知道。不过，我刚才路过庞迪杰瑞老人身边的时候，无意中听到他和阿南德在聊这个事情，可我没听明白说的是什么。”说完，卡塔无奈地耸了耸肩。

走到屋顶的边缘上，我眺望庞迪杰瑞老人经常坐着的那个地方。虽然我看不清他本人，但我看到了那根斜倚在木桶上的拐棍。

卡塔此时正处在极度兴奋中，还试图把他的一腔热情传染给我们。

“那么，咱们到底去不去啊？”他焦急地问。

萨利姆看着我，摇了摇头，说：“会有麻烦的……”

“哦？有什么新发现吗？”曼吉特疑惑地问，站起来，舒展了一下他那两条长腿。

曼吉特和萨利姆因为卡塔的出现，变得活跃了一点儿。我点点头同意去。

卡塔的脸一下子亮了起来，尖叫道：“我希望这是一场血腥的比赛。”

我告诉他们，我要先离开一会儿，去看一眼庞迪杰瑞老人，很快就会回来赶在比赛前和他们会合。

我看到庞迪杰瑞老人静静地在那儿坐着，失明的双眼对着那片草场。我有点不忍心去打扰他。

“哦，比拉尔。孩子，别徘徊了，到我这边来。”说着，他伸出一只满是皱纹的手招呼我过去。

我走过去坐在他身边的一只木桶上，看着远方他可能正看着的东西。或许那根本不算看。我从来都不敢确定，庞迪杰瑞先生能看到什么，不能看到什么。

“您听说今天下午要进行的那场斗鸡赛了吗？”

“比拉尔，想不听说也很难啊。所有的人都在讨论这件事。”他回答。

“为什么啊？只是又一场斗鸡赛而已，不是吗？”

庞迪杰瑞先生摇摇头，说：“人类与动物非常相像，我们能嗅到此刻的血腥味。那种原始的味道，会诱发我们身体里最坏的东西——人性的阴暗面。它驱使人们去做一些平时只是想想却不敢做的事情。”

“可是，那和斗鸡有什么关系啊？”

“暴徒。孩子，暴徒们都会去那儿。他们要去寻找一种迹象。”

说完，他叹了口气，下巴用力地抵在胸口上。

“您会去吗？”我问。

“虽然我看不见，但我会去。”他回答。

“但是，为什么啊？”我无法置信地问。

“因为我也是一只动物。如果我们的路已走到尽头，我也需要一种迹象。”他小声嘀咕道，“走吧，你快走吧。”说完，他吹着嘘声撵我走。

“我不需要任何迹象，我知道快到尽头了。”说完，我就离开了老人家，只剩他自己独自对着空荡荡的草场。

第三十五章

回到屋顶，萨利姆走过来站在我身边。他用胳膊揽过我的肩膀，我也把胳膊搭在他的肩上，忍不住咯咯笑了起来。

“你笑什么啊？小矮子。”他问。

“你啊，笑你这个蠢货！最近，你一直有点闷闷不乐的……”

“我？看看谁该说这话！”萨利姆争辩道，“你才是那个眼里充满怪怪的神情，目光呆滞地望着远方的那个人呢。我们都非常期望你突然滔滔不绝地吟诵泰戈尔或卡比尔[①]的诗呢。”

我一把推开萨利姆，轻轻地在他头上拍了一下。

“快看！”我指着下面的人流说道，他们都朝着一个方向移动，“萨，这场斗鸡赛会有很多人去的。”

“可是我们太矮了，得赶紧挤到前边去。”他咧开嘴，笑着回答。

“我不是那个意思。”说完，我看了一眼远处那块墓地，“庞迪杰瑞先生告诉我一些事情，关于暴徒……”

① 卡比尔（1398—1518），印度著名诗人，圣人，伊斯兰教的先知。

“待在这儿的屋顶上，我们永远也不会弄懂他是什么意思。你已经让穆克吉先生全天陪你爸爸聊天了，所以我们也没什么好担心的事情了。走吧！”萨利姆说完，就跳起来顺着楼梯跑下去了。

我们眼睁睁地看着人群如潮水般涌向主广场边上的墓地。斗鸡赛通常都在墓地举行，这已经是约定俗成的事情了。有关这事，我曾问过爸爸一次。他说，长者们觉得在市场范围内打斗不吉利，如果是在墓地的话，还是可以接受的。说完，他微笑地看着我，补充道：“也就是说，委员会的成员们也可以像其他人一样，在不被妻子发现的情况下，到现场观看比赛，还可以押注。”

我们几个小伙伴加入到人潮中，很快就被涌动的人流所淹没。还像往常一样，曼吉特在前面带路，他橘黄色的方头巾不停地在我们面前来回晃动着。萨利姆紧紧地贴在我的右侧，我用左手牢牢地抓住卡塔，以免他分神看其他地方的时候被人群挤丢了。四面八方的人群都不约而同地挤向草场，所以移动起来非常缓慢。走着走着，我们停了下来。我能感觉到人群整体的躁动，庞迪杰瑞老人怎么说来着？对了，暴徒。我们被夹挤在人群中，动弹不得。我们都只能跟随人流左右摇晃，我干脆闭上双眼任由摆布。一侧的人群中，跳动着愤怒、暴力与血腥的冲动；摆向另一侧时，我感到了他们的平静、安详与对和谐的渴望。在我的正前方，涌动着焦躁不安的情绪，只是单纯地迫切希望得知结果，根本不顾结果如何。

睁开眼睛，我挣扎着努力重新适应光线与吵闹声。曼吉特橘黄色的包头巾在我眼前渐渐模糊，混杂在人群中不见了。我使劲眨眨眼睛，想把自己从这种奇怪的景象中拔出来，却感觉越来越糟。四周视线可及的地方,五颜六色都彼此交汇在了一起。包头巾的红色与缠腰布的白色交织在一起，银制手镯的颜色与皮肤的深褐色汇集在一起，蔚蓝的天空交织着白云朵朵，伴着地上的人群一起慢慢地涌动。这是我所见过的最美的景色。我们都是摇摇晃晃向前移动的队伍中的一分子，没有起始，也没有结尾。就像菩提树一样，母根被淹没了，只剩一些子根被留在外面。这就是庞迪杰瑞老人描述的暴徒吗？我曾以为，暴徒就是一群丑恶残暴的人。但此时，我分明可以从人们的眼中看到兴高采烈的神色。

人群开始平稳向前移动的时候，我的双脚几乎都着不了地。涌进大门后，大家分成了小股人流，在杂乱无章的墓堆间的小道上穿行。我们几个慢慢地穿过碗状的墓堆，向小山脚下那一小片被清理出来但并不干净的圆形空地走去。眼前，围在空地四周的人群越聚越多。

曼吉特转过身来，冲着我摇了摇头，说:“前边已堵满没路了，不能再往前走了。”

“我能找到路。”卡塔有些急不可耐地回答道。我松开他的胳膊，他连推带挤就窜到了曼吉特的跟前，张开大嘴，一边嚷嚷着“跟着我”，一边拨开人群往前挤。

我们一行几个人都跟着他走。我紧紧跟在卡塔的身后，极力追上他的步伐。他找没人的空隙往里钻。遇到人多的时候，他要么从大家的腿下钻过去，要么绕开了走，还有一次，他竟然从一个人的身体上爬了过去。我们都竭尽全力地跟上他，但我四下都找不到曼吉特橘黄色的包头巾。他去哪儿了呢？我有些担心，试图停下来找找，但卡塔把我的手抓得很紧。尽管我们向前移动得很慢，他还是把我攥得紧紧的。卡塔一直把我们都拽到了最前边的位置，才心满意足地停下来。

终于，我的目光可以聚焦在赛场上了。在圆型场地的中央站了好多人，我认得他们都是小镇周边的村民，其中有一个就是卡塔的叔叔。他在这场比赛中肯定扮演一个重要的角色，因为他戴了一个黑色的袖章。此时，他正和其他两人说话，他们都聚精会神地听着。公鸡呢？我到处都看不到笼子。人们不停地往前挤，使得中间的圆形空地越变越小了，卡塔的叔叔示意几个大块头的男人把蜂拥上来的人群往后挡一挡。放眼望去，只见每个人都踮起了脚尖，极力想瞥一眼空地上发生的事情。有的人还带来了木制的长条箱子，摇摇晃晃地站在上面，望着空地。还有一些聪明的人，甚至用土垒起了一个小土堆，站在上面看。记得我曾经读过的一本书里有类似的一个场景，那是古罗马在凯撒大帝统治时期的事情。那个时期，人们盛行进入竞技场观看两个角斗士决斗，直到其中一人战死为止。那么，这就是我们的竞技场，恰好四周围绕的也是死亡的气息。有一瞬间，我甚至在想是不是墓地里死者的鬼魂也在观看呢。抬头望望天，又看了一眼周围，我能感觉到空气中正酝酿着什么。卡塔的叔叔与那两个参赛者的谈话已经停止了，他们两个一转身，就消失在人群中。前一秒还能看得见，下一秒就已经被人群淹没了。人群拥挤的力量如此之大，我们都很难站稳脚跟。拥挤的人浪一次比一次大，我、萨利姆、卡塔，三个人胳膊挽住胳膊，努力把自己稳在原地。好多次，人群冲向我们的时候，我被挤得双脚都离开了地面。人们越来越不耐烦了。

那两个参赛者举着用黑布盖着的笼子回来了。一位一直坐在场边一个底朝上的木条箱上的老者，慢慢起身走到场地中间，然后举起手。那个手势如快刀般划破人群的喧闹，直达墓地的边缘。那是一个要求安静的手势。他做了个手势，示意那两个人拿着笼子走到前面来。他们重新提着公鸡走近那位老者的时候，寂静在人群中蔓延扩展。公鸡的头被黑布蒙着，它们还不清楚周围的情况。那两个人面对面站着，等候老者发号施令。老者用手轻轻弹了一下手腕，示意掀开黑布把公鸡举到空中。人群欢呼了起来，那阵喧嚣与骚动差点把我们掀到空中。两只公鸡喙对着喙，中间只有几英寸的距离，还不停地被抽打着直到它们狂怒起来。然后，老者给出一个信号，公鸡被放出来了。

两只公鸡迅速飞着扑向对方，撕扯着，猛咬着。第一轮猛烈的交战后，它们变得谨慎起来，开始不停地转圈。我注意到开战时扬起的灰尘，已经开始慢慢沉淀下来。我心想，**这两只公鸡截然不同**。稍大一点的叫葛汗，周身呈锈红色，还有一个金色的喙。它正趾高气扬地绕圈走着，在明媚的阳光下，它黄色的距虽然看起来有点钝，但很锐利很凶猛。稍小一点的阿希尔是只兰普鸡，全身乌黑，深红色的鸡喙像只钟摆似的左右摇晃。它的双距虽然很小，但形状像锯齿般尖尖的。它们不再兜圈子，又彼此靠近了。葛汗直直地啄向兰普的脖子，但那只娇小的公鸡敏捷地躲开了它的攻击。现在，你已经对这场比赛进行的模式有所了解了吧。大公鸡追着小公鸡，绕着尘土飞扬的场地跑，它弓着强硬的脖子，绷紧了短小的鸡喙，随时准备出击。兰普知道自己没有对手强壮，便采取了迂回的策略。它追过去猛啄一下大公鸡，就赶紧飞也似的跑开了，借此让葛汗的体力在不断的追逐中消耗殆尽。这是一种危险的策略，因为对方只需一次致命的一击，小兰普就麻烦了。这样的一场比赛，正好迎合了暴徒的口味。

人群突然爆发的喧闹声回荡在死一般寂静的竞技场上，声波穿透了我的脊梁骨。人们狂呼乱喊彻底地释放出来。这几周来，整个小镇的人们一直生活在压抑的氛围里。此刻，就在我的身边，那种发自心底的愤怒情感终于毫无顾忌地发泄出来了。无论以何种方式，暴徒都想满足自己嗜血的欲望。时间仿佛在那一瞬间停止了。满目所及都是忘情到扭曲变形的脸庞和身躯。嘴巴大张着，黑乎乎的咽喉里爆发出一声声刺耳的叫声。这些就是我所熟知的人们。但在这片竞技场里，我们都变成了陌生人，仿佛在进入墓地前，我们都被告知把人性留在了门外。

我痛苦地把视线从比赛上移开，望向前方，看到庞迪杰瑞老人正拄着拐棍站在我的对面，双眼盯着场地。我明白此时此地这种情景，对于双目失明的人非常不利。庞迪杰瑞老人是一个很擅长讲故事的人，这一幕经过他的想象后，一定要比我们看到的更加恐怖。

萨利姆紧紧抓住我，把我拉到他跟前。

“他们不打算停下来了。他们不敢冒险，不敢得罪这些暴徒。”他的喊声盖过了喧闹声。

“什么意思？”我不解地问。

“通常在比赛中，他们会停下来让公鸡休息会儿。但今天，这场比赛会一直进行到结束。比拉尔，直到死亡。”萨利姆大喊着，他的眼神中映射出人们对血腥的渴求。

比赛当然会进行到结束，今天少一个环节都不行。

仅仅过去了几分钟的时间，但却感觉像是永恒。兰普还在逃避着葛汗的关注，而葛汗看起来已经有点累了。双方的打斗依然很激烈，但次数少了很多。葛汗沮丧地冲向兰普，却扑空尴尬地摔在地上。而兰普终于找准机会，使出全身力气冲到葛汗暴露无遗的背上，狠狠地啄了一下。葛汗疼得发出一阵凄惨的尖叫声，声音划破人群，四散开来。在大公鸡转身，开战以来第一次退却的那一刻，人群中发出一阵嘘声。疲惫不堪、伤痕累累的葛汗，摇摇晃晃退到一边，还不忘机警地盯着兰普。我能感觉到胸腔里的心脏正如敲鼓般怦怦直跳。突然，人群像烟火一样，再一次噼里啪啦吵嚷开了。这一幕，像极了民众曾参加过的每场反抗斗争。反抗贫穷、抵御艰难、反抗命运，以及每当被告知"情况就是如此，接受现实，充分享用你所拥有的"时，人们进行的激烈反抗。

此时的兰普昂首阔步，比先前自信了好多，它现在反守为攻，追着葛汗绕圈跑。葛汗因为疼痛，艰难地挪着蹒跚的步子，远远地躲开了兰普的攻击。但兰普并没因此放弃，而是对着葛汗暴露在外的脖子与后背，发起了一次又一次的猛攻。此时，我们几个再一次被挤得双脚离开了地面。因为人们预感到比赛即将结束，又开始向前拥挤。这股人浪凝结着人们的痛苦与气愤。兰普上下快速摆动着脑袋，这种动作意味着即将发起致命的搏击。两只公鸡跳着扑向对方，都试图给对手最后致命的一击。葛汗以迅猛之势突然向兰普发起了最后一次孤注一掷的强烈攻击，给兰普以重创。兰普痛得退缩了几步，但很快转过身来，瞅准葛汗暴露无遗的脖子，用尽全身力气狠狠地啄了下去。双方用力过猛，都旋转着向后退了好几步。葛汗黑色的羽毛上，添了几道深红色的血纹。兰普站得笔直，眼睁睁地看着葛汗摇摇晃晃，最后终于倒在尘土中。比赛结束的口令像野火般传遍整个人群，一阵巨大的欢呼声响彻云霄。兰普凭借纤细的双腿摇摇晃晃地站在赛场，慢慢抬起头，最后看了一眼场地，向后退了一步，也倒在了一边。我松开萨利姆和卡塔的胳膊，往前走了一步，瘫坐在地上，心里呐喊：不！我看到兰普双目圆睁，望着天空。闪闪发光的双眼，如珍珠般闪亮。

第三十六章

兰普倒下的消息在人群中一经传开，我扭头就看到身后的人潮猛烈地冲撞着，分散成一堆一堆的。随着人流四散开来，卡塔猛地撞倒在我身上，紧接着，萨利姆也被撞了过来。我用力抓住他们两个，挣扎着避开了人群的冲击。我看到，兰普的主人用双手环抱着它。四周到处都充斥着打斗与吵闹的声音。庞迪杰瑞老人还站在原地，一动不动。我拉着卡塔和萨利姆跑向他。

“庞迪杰瑞先生，我们必须得离开这儿！马上！”我大声告诉他。

他转过来，温和地冲我笑了笑，说：“不行。比拉尔，我得看着这一切。我做一个目击者，就是为了赎罪。你们走吧，不要回头。永远都不要回头。”然后，他摆摆手，快步走开了。

我冲他大喊，要他停下来，但他连头都没回。

萨利姆抓住我的胳膊，把我拉走，领着我们往小山上爬，朝墓地大门的方向走去。

我又觉得眼前眩晕，各种各样的颜色再次交织在了一起。但这次它们不再漂亮，相反却很丑陋。人们用大大小小的石子、石块攻击对方。有的人还扯下树枝，抽打那些蜷缩在地上的人们。我们跑过墓地的时候，看到有人手持刀子和大砍刀冲着逃跑的人头上的包头巾乱砍一气。一道道深红色的血迹渗到了白色的棉质衣服上。一刹那，那混合起来的颜色又变得美丽了。

小山愈加陡峭，我们只得借助双臂，伴着扑鼻而来的浓烟的味道往上爬。爬着爬着，一只手突然抓住了我的腿。

“救救我，救救我！我不想死！”一个声音尖叫着。可我看不到他的脸，只见尘土中伸出来一只手，紧紧地抓着我。

卡塔大叫着，用脚踢那只手。我也乱踹一通，才甩开了那只手，眼睁睁地看着它消失不见。卡塔用肘轻轻地推了我一下，我们继续往上爬，直到碰上了一道火墙才停下。我们牢牢地贴在暗淡的山坡上，转身看到了地狱般的一幕。小山脚下，火光弥漫，黑烟滚滚。有的人匍匐在地，慢慢爬向躺在墓穴中一动不动的亲人身边。还有人穿过浓烟追逐着袭击目标，一旦抓住他们，就往死里打，直到打得他们发不出声音来。我的视线在鲜血与浓烟之间游移，我看到色彩在流动，到处都布满了鲜花。鲜红的玫瑰里夹杂着黄色的小花，白色花瓣落到棕色的泥土中。粉红色的花瓣被踢起来抛向空中，然后又落回一动不动的尸体上。我抬起头，看到卡塔和萨利姆正站在我上方。

“这不是梦，对吗？”我低声问，“我昏倒了？”

萨利姆用力把我拉起来，点点头，说：“我想是这样的。我们转过来的时候，你已经躺在地上了。”

卡塔往小山顶上爬着，还冲在他下面的我们打了个口哨，说：

“加油啊。我们快到山顶了。这儿看起来安静多了。”说完，他挥挥手催我们也快上去。

萨利姆推着我往上爬，我们爬到卡塔坐着的地方，他正探头朝偏低的斜坡那边望。眼前一片黑暗，几乎没有幸存者的迹象。

“你觉得——”卡塔刚开口，就被萨利姆阻止了。

“嘘！那是什么？”

侧耳细听，我们都听到了正前方一阵拖沓的脚步声和摩擦地面的声音。突然，一个人影出现，又很快消失了。那里！在我们的右边，又是一阵刮擦的声音。又出现一个幽灵，手还放在头上，很快消失在一阵汹涌的浓烟中。此刻，我们周围随处可听到移动的声音，还有从喉咙里发出的其他痛苦的声音，它们划破了滚滚浓烟，传送来人们的啜泣、呻吟及低低的哀嚎。

卡塔痛苦地捂住了耳朵，扭曲着脸说：“是一只快要死的猫，还是别的什么东西啊？”

萨利姆用胳膊搂住卡塔，一句话也不说，只是看着我。

现在怎么办？

除了走出这片黑暗，我们别无选择。萨利姆盯着我的眼神并没移开，他坚定地咬咬牙，长吁一口气，摘下自己的头巾，撕成一根长长的布条，然后把我们拉到跟前。

“把这个系在你们的腰上，这样我们就不会被分开了。现在离出口不远了。不要停下来，不论发生什么，只管向前走。”萨利姆坚定地迈出一步，带着我们继续向前，走进那片黑暗中。

霎时，我们什么也看不见了。我们尽量小心翼翼地跨过或绕过墓堆摸索着前行，磕磕绊绊地走得很慢。身边说不清的形状在黑暗中忽隐忽现。我们走了好像很长时间，不过，当你屏住呼吸，异常紧张的时候，是很难准确估量时间的。

萨利姆猛地停下了脚步，单膝跪在地上，还做手势让我们也照着他的样子做。

“我觉得，我们迷路了。”说完，他低下了头，“我们本该在墓地的主干道附近了，但是我不知道我们现在在哪儿。”

“这不是你的错。看，烟快散了，我们很快就能看清楚该走哪条路了。说不定我们坐在这儿等几分钟……”

话一出口，连我自己都意识到了这是一个多么糟糕的主意。早晚都会有幽灵跌跌撞撞地走到我们身边，谁知道他又会对我们做什么呢。萨利姆明白过来，重新站直了身子。

“我觉得，我们最好还是继续走吧。”他说。

我们一边试探着，一边往前走。哀号声离我们越来越近了，不住地在耳边回荡。卡塔把身体卷得很低，双眼不住地左右转动，拼命想躲开那声音。我从未见过他如此恐慌的神情。萨利姆放慢了行进的速度，几乎像在爬行。一个男人尖叫着从呛人的浓烟中冲出来，直直地向我们跑来。我们惊恐万分地看到他捂着自己的脸，或者，更确切地说，是他残剩的部分脸——肉已经被烧焦了，满脸还起了水泡。萨利姆连忙把我们拉到一边，躲开了他跑的那条路。我们眼睁睁地看着他跑过去，他身上的衣服还在闷烧着。他消失不见的时候，尖叫声里混杂着哀号声，听起来撕心裂肺般凄惨。我们都蹲到地上，双手捂着耳朵。听不到叫声以后，我和萨利姆站了起来，却感到拴着我们的布条上传来一阵向后的拉力。原来，卡塔还蜷缩在地上，眼神充满了惶恐。

“卡塔？卡塔？没事了，他走了。我们走吧。”说着，我又在他身边蹲了下来。

“去哪儿？这不是我们的世界。我们能去哪儿？”他战战兢兢地问。

“好吧,好吧。卡塔,我们在这儿等一会儿,好吧？”我安慰道。

卡塔抱着膝盖前前后后地晃，迷茫的双目圆睁，扫视着黑茫茫的四周。萨利姆依旧直直地站着，双眼凝视着浓烟，想要分辨出墓地的大门在哪边。我感觉腰上系的结被萨利姆猛地拉了一下，赶紧把他拉了回来。

“怎么了？萨利姆。你看到什么了？”

“我……我觉得我看到了一个人影，可他又不见了。”他结结巴巴地回答，“他又出现在那儿！庞迪杰瑞先生！庞迪杰瑞先生！这儿！我们在这儿。**庞迪杰瑞先生**？”

从滚滚浓烟中，慢慢地走来了庞迪杰瑞老人，他用拐棍放在前面探着路前行。

“萨利姆，孩子，是你吗？”他在我们面前停了下来，关切地问。

“庞迪杰瑞先生，我们迷路了，找不到出去的路。”我急忙说道。

“比拉尔也在啊。还有谁和你们在一起？”他无神的双眼定在了卡塔身上。

“卡塔也在这儿。”萨利姆回答。

“哦。你们不能待在这儿。谁也不知道会有什么在这里出没。跟我走吧。”

我们挣扎着站起来，庞迪杰瑞先生在前带路，我们紧紧地跟随其后。他的拐棍不时地敲打在折断的树枝上、坚硬的石块上，还有断裂的墓碑上。我们向前走的时候，幽灵还是影影绰绰地出现在周围，但痛苦的哀号声渐渐消失了。突然，墓地的大门在我们面前隐隐约约地出现了。我们走了出去，心里的惶恐感是消失了，但骨架子都要散掉了。

“有人倒了一大桶汽油，还点了火，”庞迪杰瑞先生喃喃自语道，“再加上地上所有的干柴……”

“您怎么能找到出来的路啊？”我不解地问。

庞迪杰瑞先生叹了口气，说：“比拉尔，我老了。我以前的朋友们死后，要么被埋了，要么被四散到风中。”

“我不明白——”我开口说。

“孩子，等你老了，唯一能拜访你朋友的地方，就是墓地了。我来过这儿那么多次了，即使背转过来倒着走，用布把嘴堵上，蒙住双眼，我都能找到出来的路。”

到了市集广场，庞迪杰瑞先生把他经常坐的木桶移到阴凉处，然后坐下。他看着远方，摇了摇头。

“我还能闻到烟味。”他喃喃自语道，“走吧。用不了多久，这整个广场出没的不是活着的幽灵，就是死去的鬼魂。”他挥动着拐棍，坚定地说：“回家吧！”

第三十七章

我们几个全然没有理会庞迪杰瑞先生的建议，跑向我们的屋顶，匆匆忙忙爬上楼梯，瘫坐在破旧的大米袋上。我们都知道，这儿会是曼吉特来的第一个地方。我们静静地坐着，各自思忖着自己的所见所闻。几分钟后，就在我们担心曼吉特会不会来的时候，他橘黄色的包头巾从门口探了进来。看到他白色长袍上溅着的血迹，我们几个惊讶得一下子跳了起来。萨利姆率先过去抓住了他的胳膊。

“曼吉特，这血迹？”

“这……这不是我的。”说完，他一屁股坐在一袋大米上。

“发生了什么事？”我惴惴不安地问道。

“和你们几个走散后，我就尽量往前挤。我差不多就站在你们对面，试着喊过你们，但是我的叫声被吵闹声淹没了。人群散开的时候，我被重重地撞倒在另一边。我挣扎着爬了出来，却看到好多人都倒在地上，还被别人践踏着。我努力想找到你们，但场面太乱了，我也不知道你们是不是还在原来的地方。我看到有好几桶汽油给倒在小山上，接着还点着了。烈火铸成的火墙就在我面前，我想着如果我绕过去，或许就能找到走出墓地的路。我知道我得爬上小山，可那样的话，我就得先穿过火墙。周围全是烟，眼前五米的地方我都看不清。人们都涌向火边，从火苗上跳过去。我后退了几步，也向火墙冲去。我是从另一边出来的，虽然没怎么受伤，但却撞上了一幕……它……太可怕了。”

曼吉特停了下来，使劲闭起双眼，用指关节按住太阳穴，说：“人们拿着棍棒和刀子正互相残杀……用火烧向对方……我想跑开，可他们都拿着棍子和刀向我扑来……我不得不自卫……我还能做什么呢？”曼吉特抬头盯着我问道。他双眼充血，好像又回到了那场噩梦。

我挨着他坐下来，搂着他的肩膀。

“没事的。曼吉特，这不是你的错。你没做错什么。”

“比拉尔说得对。你成功地跑了出来，这才最重要。”萨利姆也紧跟着安慰道。

“如果我没有……他们可真就杀死我了。他们看到了我的包头巾，就冲我走来，嘴里喊着难听的骂人的话。我甚至还认出了他们中的几个人……我还能做些什么……”曼吉特又问了一遍，用哀求的眼神望着我，期待我能给出一个他可以接受的回答。

我想不出应该说什么。曼吉特虽然杀了人，但他还是我的朋友。我想帮他，适时地说一些能使他感觉好点儿的话。而此刻，我唯一能做的就是在他低声哭泣的时候，坐在他身边，用我的双臂抱住他。

空气中的烟雾还是很浓。我们静静地坐在屋顶上，每个人心里都有自己恐怖的想法。不一会儿，我们听到整个小镇都响起了哀号声。

曼吉特站起身，用呆滞无神的目光看了我们一下，转身喃喃自语着走到楼梯边。我们还没来得及阻止他，他就头也不回地走了。

萨利姆从房子的一侧看过去，说："他好像是要回家了。"这话他并没刻意地对某个人说。他转过身来看着我，深深地吸了一口气，说："我最好也回家吧。我妈妈会担心的。"

"嗯。我想，我们都得回家了。"我心不在焉地附和道。

萨利姆走到卡塔身边，把他拉起来站好，让他也离开。

"我一会儿去看你们俩。"我说。

"如果可能的话，我今晚溜出来。"萨利姆仍然紧紧地抓着一脸茫然的卡塔。

"萨利姆……"我开口叫道。

"嗯，我知道，我们稍后再谈。现在，先回家吧。要是你爸爸醒了，他会担心你去哪儿了。"

"或许你是对的。"

"我们一会儿再见。"萨利姆说完就扶着卡塔走了。

我看着他们磕磕绊绊地走下楼梯。

第三十八章

第二天，我们几个坐在屋顶，看着死一般寂静的市场，一阵模糊的记忆涌上心头。我想起了在百科全书中看到的几幅动物残骸的照片，一些被撕裂的肉末碎块仍挂在裸露的残余骨头上。我闭上双眼，努力回忆着书中接下来又说了些什么。食肉动物满足而去，食腐动物——土狼便大笑着来了。哦，吞食小镇的食肉者已经来过了，小镇的残骸暴露在光天化日之下。我抬头望着天空，看到云彩正在聚集。**接下来会发生什么？食腐者该来了。**我从来没亲耳听到过土狼的笑声，但我看过好多土狼的照片，而且我知道那是一种很令人厌恶的笑声。

我环视一眼屋顶，能感觉到我们几个已经不再是从前的那种伙伴关系了。

曼吉特背朝市场坐着，刻意不去看墓地的方向。或许他觉得如果不看的话，他就能忘记那场斗鸡比赛和那场大火。我还注意到，曼吉特戴着包头巾的脑袋总低垂着，那块原本鲜亮的橘黄色织物，现在已经失去了它的光泽。

卡塔仍然坐在他的老位置上，双脚吊在屋脊的边角。即使所有的东西都变了，卡塔依然拒绝改变。

萨利姆坐在离我最远的地方。我想走过去，坐在他身边，问他是不是出了什么事，让他把心里想的事情告诉我。但是，我太累了。我自己的秘密已经使我疲惫不堪了，我不愿再去担起他的秘密。如果当时我知道会是那样的局面，我一定会走过去，坐在他身边，用胳膊搂住他，和他聊天。或许，我们还能最后在一起大笑一次。但是，那一刻已经过去了。我那个时候还不知道，我将再也见不到萨利姆了。

第三十九章

我开始讨厌自己身上的两样东西。它们不是一般的东西。我并不是想长得更高一点，或变得更帅一点，也不是期望板球打得有多好。只是，这两样东西，我希望上天从来没有赋予过我。

第一个是过于顾虑他人。曾经有多少次，我本该沉浸在快乐的时光里，但都因为过于注重身边人们的感觉而使快乐毁于一旦。通常这个时候，我会坐下来，有意识地调整自己的面部表情、手势，甚至细微的眨眼和嘴型的变化。有一段时间，坐在朋友或家人中间我都感觉我整个人不在那儿，而只是充当了他们感情宣泄的一个道具。第二个让我讨厌的东西，就是发现那些未尽之言、弦外之音的“能力”。这是我的专长，通常发生在预兆出现之后。预兆——这是我最近才学到的一个词。预兆就是我胃里感受到的隐隐作痛，是藏在眼底的灼疼，也是那如潮般翻涌的心情，这些都预示不祥的事情即将发生，但只有我能感觉到它。今天，我突然想明白了，这两样特质是密切相关的。

去往萨利姆家的路上，我一直幻想着让医生用手术刀帮我把这两样鲜明的性格特征切除掉。我想象着，医生切下去第一刀，轻轻的啪的一声，我的头颅顶部豁然打开一个口子，脑子的内部结构展露出来，里面的东西清晰可见，足以安全切除。医生把那两个讨厌的难兄难弟切掉之后，再把我的头皮慢慢缝好复原。这样，我就轻松了。不用总是感知身边每件事，可以无忧无虑过每一天，也不用担心会有不祥的事情发生，做一个自由自在的人。

我摇摇头，甩掉脑子里的幻觉，深深地吸了一口气，继续朝萨利姆家走去。这一带的房屋建得十分密集，好像一个摞在另一个的顶上，但此时这里却非比寻常的安静。一位孤独的老妇人蹲坐在自家的屋旁，正在洗衣服。我停下脚步看她在一块突起的石头上拍打衣服，那么狠命地刷洗着，仿佛要洗烂它似的。刷完一件抛到一边，她又拿起了另外一件。那是一件白色的纱丽服。她把衣服举过头顶准备在那块石头上拍打的时候，突然停了下来，然后把衣服放下来，紧紧地抱在胸前。她抱着那一堆衣物的时候，我看到那件纱丽服上有斑斑血迹。

走近萨利姆家房子所在的那片空地的时候，我感觉心里像注入了铅一般沉甸甸的。*我为什么要来这儿啊？我明明知道我会找到什么，但我还是来了，为什么？因为我必须知道。我总是要知道详情。不管事情会变得有多糟，我必须亲自弄明白。*

我推门进去，家里一个人也没有。萨利姆和他的家人都走了。

他们走了，家里空荡荡的。只剩几只瓦罐，一张破损的吊床，还有几卷布满灰尘的蓝色东西斜靠在那边的墙上。这就是萨利姆的秘密。几周前他就知道自己家要搬走了，可他一直瞒着我。回想一下，我记起有好多次他都想要告诉我，但我因别的事没给他机会说。

我走出房屋，来到院子里，朝井边走去，一直走到小路的尽头。我们在这儿度过无数个夏日，把井水分给周围的人家，还把对方浇得湿淋淋的以图凉快。我们就坐在这里写作业、懒散地斜靠在菩提树荫下。抬头望着树，我眯起眼睛，看我们的小窝是否还完好无损。我爬上树，慢慢穿过枝枝杈杈，找到了那间竹子做的小窝，那是我们几个用几根麻线和绳子扎起来的。弯腰跪下，我爬进那个盒子一样的小窝，向外张望着那个小院。我紧紧地缩成一团，把脸埋进发霉的稻草中，脑子里飘过一丝担心，心想会不会有人听到我的哭声啊。不过，那是一个很愚蠢的想法。我知道，这儿的人都走了，哪会有人听到呢。

第四十章

一只信鸽猛地冲上天空。**有人来了**。我赶紧冲向我家对面的那座二层楼，费劲地爬上楼顶，向下俯视着密密麻麻的房子。我看到了几条街之外的卡塔，正站在我们那屋顶的监视哨上，冲我挥动胳膊。我也冲他挥挥手，极力想看清谁正朝我家走来。不管这个人是谁，他真的选了个好时间，现在天快黑了，街道上也没有亮着灯。**在那儿！**一道白光，那个人影在街上进进出出移动得很快。**又到那儿了！**不管是谁，他对这几条街道都很熟悉，所以才敢走得这么快。卡塔依然疯狂地冲我挥动胳膊，做着奇怪的手势，还指指我。**他在干什么啊？**

我快速返回楼下，退到楼的一侧，走过去站在小屋外边。来人是谁都没关系，我会搞定他们。我眯着双眼，看着黑漆漆的街道，静静地等着。一只手出其不意地扳着我的肩膀，把我转了过来。

“最近怎么样啊？我的弟弟。”

“什么——”我仓促地脱口而出。

“嘘！在你开始唠叨之前，我们先进屋吧。我肯定没有人跟到这儿，即使想跟，我现在也把他们甩掉了。走吧。”说完，在我还没来得及阻止他之前，哥哥便走进了小屋。

我跟着走了进去，一把抓住他的胳膊。

“你来这儿干什么？我觉得我们已经达成一致了，你不会再回来，也不会把你的麻烦带回家来。”我尽量压低声音说道。

“不对，是你单方面决定不让我回来的。我从来没有同意过这种事情。现在，不要生气了，冷静一下。我只想和老头子说几句话。”说着，哥哥往前走了一步。

我把双臂伸开，站在前面挡住他。

“不行，爸爸正在睡觉。如果你想和他说搬走的事，那你最好还是离开吧。他不需要听，我也不需要。”

哥哥后退一步，点燃了一根烟。

“比拉尔，外面的形势越来越严峻了。你觉得你还能在这儿藏多久而不被暴徒搜到赶出去啊？多久？”他在空中挥动着烟头，语气强硬地逼问道。

“多久都没有关系。我们哪儿都不去。这是我们的家，这是爸爸……”我支支吾吾地说。

“说啊，这是爸爸将要死的地方吧。”哥哥打断了我。用他那被尼古丁熏黄了的手指指着我，小声说：“而且，死了都不知道真相。”

“你又知道什么真相呢？哥哥，你指的是什么真相？用棍子把别人的脑袋往死里砸，根本不是我理解的真相。那就是你想要我告诉爸爸的真相吗？我亲眼看到了发生的所有事情。如果那就是真相，我宁肯不要。”我狠狠地吐出了一大堆话。

“比拉尔，不要用那种貌似神圣的态度和我说话。你以为你是什么正义的天使吗？你以为你置身于血腥和肮脏之外，而只有我们生活在其中吗？不是。你只不过找到了另一种方法来直面这场恐怖罢了。你跟我们一样，你和我没什么不同。这个谎言就是你的地狱，就像外面的真相是我的地狱一样。”

哥哥的话像小刀一样，刀刀都刺在我的心口上。透过心灵的眼睛，我看到了另一个自己——僵直地站在那儿，嘴巴大张着，目瞪口呆地听着哥哥在说话。哥哥站在那儿，黑色的眼眸燃烧着熊熊烈火，像炽热的煤块似的，嘴巴一动一动的，呈现出各种恐怖的形状。他意识到自己刚才说的话，举起手想说什么，却最终没能说出口。我想要走近哥哥，抱住他，告诉他一切都会没事的，我们会好起来的。可是，我却做不到。尽管我们之间近在咫尺，但感觉却像隔了一道峡谷，我们各自站在沟壑的一边，远远地望着对方。那道裂缝太宽太深了，而且连接彼此的桥梁正在燃烧。

眼泪灼痛了脸颊，我抹了一把脸，深深地吸了几口气。

“你说得对。你说的都是事实。”我的声音小得几乎像耳语。我指着另一个房间，说：“去吧。爸爸应该知道真相，但我不能告诉他。我已经背负这个谎言，感觉就像是已经背了一辈子一样久。帮我个忙，让我们俩都从悲惨中解脱出来吧……”我低下头，从门口走开了。

哥哥往前走了一步，然后停下了。*哥哥，求求你了，去说吧。*去说啊。我能感觉到他内心的挣扎。他又迟疑了一步，然后走了进去。

哥哥出来的时候，脸色苍白，双眼不再怒火中烧，而是变得暗淡无光。他抓住我的后脖颈，把我拉到他对面，我们前额抵着前额。小的时候，他会朝我倚过来，我就不由自主地停下手里的事情，用自己的前额抵住他的，像两块磁石一样彼此紧紧吸在一起，然后我们便会哈哈大笑。这一次，没有了笑声，不过我们还是微微地笑了一下。他松开手，快步走出了小屋，钻进小巷。我眼睁睁地看着他离开，白色的身影在黑暗中时隐时现。

看不见哥哥以后，我挨着爸爸的床边坐在小凳上。爸爸在睡梦中低声呓语着什么，突然转过身睁开了双眼。

“比拉尔，我刚刚梦到你哥哥来看我了。”

我把被子拉上来，紧紧地盖在他身上。

“爸爸，那只是个梦。”我回答。

“我想或许是吧。他只是坐在这儿，还久久地抚摸着我的脑袋。然后，他靠过来，在我的耳边小声说了句话。”

“他说什么了？”我顺着他的话问道。

“他说他很抱歉。”爸爸回答。

“就说了这一句？”我问。

“就这一句。你觉得他在抱歉什么啊？我想拦住他，让他解释一下，可他还是走了。”爸爸说道。

“爸爸，我也不知道。不过，我很高兴他能来。”我回答。

“我也是，比拉尔。”爸爸叹了口气，有些昏昏欲睡的样子，嘴里还念叨着：“我也是。”

第四十一章

他看到我了。我对此十分肯定。我把药紧紧地抱在胸前，站那儿一动不动。现在，街道上空无一人，只有暴徒在巷子里闲逛，用火把人活活烧死在他们的家里。我好不容易才敲开拉吉瓦拉的家门，求他给我拿了点药，然后就被发现了。

我迅速钻进一条巷子里。那是什么？一阵脚步声慢慢地靠近。有人发现我了。如果他一直顺着这个方向走的话，肯定会撞上我的。我必须离开。立刻就走。我深吸一口气,猛地往前冲，头也不回地跑了起来。听到叫喊声，我更是埋头狂奔。我很熟悉这几条街道。我迟早都能在这些纵横交错的巷子里把他甩掉。我先向左转，再向右转，然后再向左转，尽力拉开我们两个之间的距离。

可是，他一直跟着我，还大喊："小仓鼠，随你怎么跑。我照样能抓到你的。"

我知道那个声音！此刻，我绝望地钻进了迷宫般的街道里，假装往右跑，却突然转身向左狂奔，希望能就此甩掉他。沿着黑漆漆的巷子一直往前跑，我探了探头，没再听到身后有追来的脚步声。我的面前出现了四条巷子，分别通往四个不同的方向。我停下脚步，大口大口喘着粗气，身后的巷子里又传来脚步声。**比拉尔，选啊！**我选了左边的巷子，沿着那条长长的巷子全速奔跑。巷子太窄了，我只能侧着身子，双手扶着墙往前移。我冲出巷尾，跑到一个空旷的地方，四周都是高墙。我跑向一边，抬头一看。**太高了！**我陷入了绝境。我紧紧地贴在墙上。**他看到我走这条路了吗？**我顺着墙慢慢滑下来，紧紧地抱住双膝。我等着。

几秒钟后，他从那个窄小的豁口冲了过来，猛地一下停住。看到角落里的我，他笑了。

“差一点儿，小仓鼠。”他喘着气说，“你差一点就把我甩掉了。不过，我是在这些街道附近长大的。”他站直身子，朝我走近一步。

我站了起来。

“你想从我这儿获取什么？”我平静地问。

“从你那儿？什么也不需要。小仓鼠，我既不想让你做什么，也不想从你身上得到什么。我想做的就是，让你从这个地球上消失。你这个穆斯林的渣滓。”他发出厌恶的嘘声，几乎是吐出了这几句话，“你知道吗？我认识你哥哥，他伤了我的好几个兄弟。可是，他已经从我手上跑掉好几次了。当我听说他还有个弟弟的时候，我就知道，这一定是古鲁大师给我的礼物。”他又往前走了一步，从口袋里掏出一个小瓶子，看着我笑了，“小仓鼠，你知道这是什么吗？这是汽油。”他又把手伸进口袋，掏出火柴，“你也知道这些是什么，对吧？”

我往后退了一步，惊恐地看着他。尽管我经历了那样的恐怖，这一幕也远远超出了我的想象。

“小仓鼠，你会燃烧起来的，而我，要听你的尖叫。然后，我就找到你哥哥，把他也烧死。”说完，他一边走近我，一边把汽油喷到我身上，我的衬衫整个都被浸湿了。然后，他手里握着火柴，放声大笑。

“住手。”空地的豁口处传来一个声音。

我们都转过身，看到曼吉特大步流星地走了过来。

“要不是你把卡洛手镯掉在入口处，恐怕我永远也找不到这个地方。”说着，曼吉特拿出了一个银制的手镯。

手里拿着火柴的那个男孩疑惑地看着曼吉特。

“愿神保佑大哥，你来这儿干什么？”男孩问。

曼吉特看了看我，然后又转身看了看那个男孩，往前走了一步。他比那个男孩要高多了。

“他是我的朋友。”曼吉特平静地回答，“收起你的火柴。走吧。他不是你要打击的人。”

“可他是一个穆斯林渣滓，他哥哥还伤了好多我们的人。这样的复仇，一定很爽。”

“不行。你马上离开这儿。”曼吉特又说了一遍。他往前走了一步，直直地站到了那个男孩的对面。

那个男孩闷闷不乐地向后退，怒气冲冲地说：“如果我不呢？”

曼吉特静静地站着，用眼神死死地盯着那个男孩，说：“如果你再不走的话，我就把那瓶汽油浇到你脸上，然后点燃它。就烧你的脸。向古鲁大师发誓，我一定会那样做。”

他怒视着曼吉特，握着火柴的那只手止不住地颤抖，然后极不情愿地放下了火柴。

“我认识你的大哥们，”那个男孩威胁道，“我要是把这事告诉他们的话，他们会怎么想？”

“告诉他们吧。你以为他们会和你站在一边吗？他们要是不拔光你脸上的毛才怪呢，你这个恶棍。”曼吉特怒气冲冲地说完，便把镯子扔到了那个男孩的脚下，“趁我还没真的生气之前，赶紧离开这儿。”

那个男孩小心翼翼地绕开曼吉特，然后又恶狠狠地瞪了我一眼，才慢慢从我们的视线消失。

曼吉特转过身看着我，叹了口气，问：“你没事吧？”

我弯下身子，吐了一通，呻吟着靠在墙上稳住自己。我捂着肚子，眨眨眼睛把憋着的眼泪挤了出来。

“没事，真的没事。不过，曼吉特，能见到你，我真的很高兴。”我上气不接下气地回答。

我慢慢恢复了过来，站直身子，看着曼吉特。我们两个人一句话也没说，沉默得有点让人不安。

不要说出口，曼吉特。你不用说出来的。

“比拉尔，我以后不能再见你了。我家里人觉得……穆斯林教徒……”

我感觉自己怒火中烧。

“曼吉特，那你呢？你怎么想？你了解我的。我不是穆斯林教徒。我是比拉尔。就只是比拉尔而已。”

曼吉特攥紧了拳头，下巴一沉，说：“不是那样的，我——”

“那是什么？你和我之间有什么区别吗？”

“一切都变了。就像你说的那样，它已经变了。回想当时，我们都摇头不信，还嘲笑你，可它的确已经变了。你来告诉我有什么区别。家里人告诉我，我应该加入这场战斗，我应该带一把短剑……我应该去烧别人……”

“那你怎么想呢？你怎么说？”我迫切地追问道。

“我怎么想都无所谓！”曼吉特大喊道，他的脸上换了一副很严肃的表情，“比拉尔，难道你还不明白吗？你真的以为我们还有选择的余地吗？我们只是孩子。对于一切事情，我们能有什么选择呢？你觉得你能掌控吗？你不能。不管你做什么，你的选择已经被剥夺了。或许你觉得自己能掌控，而且有的时候或许你也确实能掌控，但当事关重大时，当生死攸关时，比拉尔，根本没有选择。”

“总会有选择的。”我小声嘀咕。看着暴雨将至，电闪雷鸣的天空，我的心像一只正在下沉的小舟被堵得满满的，伤心以迅雷不及掩耳之势，在我还未来得及用双手把它们掬出去的时候，已填满了我的心房。“即使你知道这样做会给你带来麻烦，你还是选择追过来找我。”

“我永远是你的朋友。”曼吉特低声回答，“只是，我们不能再做朋友了。对不起，我得走了。”

曼吉特直直地看着我，一步步向那个豁口退去。我眼睁睁地看着那块熟悉的橘黄色包头巾晃动着，从我的视线中消失，从我的生活中消失。

第四十二章

小镇委员会主席兰普卡什 · 吉南沃若先生，站在我家门外来回踱着步子。

“比拉尔，对你，对这个镇子，我都很抱歉。你爸爸过去是，现在仍然是个杰出的人，也是我要好的一个朋友。”他说道。

“吉南沃若先生，谢谢您能来。很抱歉我爸爸身体不太好，不能见您。但我知道，他要是听说您来看过他，一定会很高兴的。”

“哦，我希望如此。”他回答，“比拉尔，镇上有传言，说你爸爸……我该怎么说才好呢……”

“说吧，吉南沃若先生。什么传言？”我问。

“哦。传言说，你爸爸不知道——或者，他根本就没有意识到——呃，现在的形势。是真的吗？”

我直视吉南沃若先生，他平静地看着我。我们两个人都不愿或无法躲开彼此的视线。

“是……是真的。”我悻悻地回答。

吉南沃若先生若有所思地摇摇头，然后捋捋胡子，掏出一方手帕，轻轻地揩拭前额。我们面面相觑，好像有一块厚重的屏障隔在我们中间。吉南沃若先生把湿湿的手帕折叠成一个小正方形，然后装进口袋，看着我身后敞开的门。他大声地清清嗓子，开口想说些什么，却一个字也没说出来。他打起精神，直直地站了起来。

“非常正确。毕竟，真相是相对活着的人而言的。转告他……比拉尔，代我向他问好，转达我最诚挚的问候。”说完，他扭转过身子。

“我会的，吉南沃若先生。对了，听说您今晚要举办一场音乐会，是真的吗？有舞蹈演出吗？”

“这本该是个秘密的。”他叹了口气，说道，“呃，比拉尔。不过，我想在这个小镇上，已经没有什么秘密可言了。”

“是真的吗？”

“是真的。我们几个伤心的老头子觉得，这应该是个很好的礼物，献给……给这个作为统一一体只剩下最后几个小时的国家，献给我们的印度。”这些话，一字一句地从吉南沃若先生嘴里蹦出来，沉重得让人窒息。

“我明白。”我悻悻地说。

“我本来想请你爸爸也去参加的。不过，或许在这样的情况下，他最好还是不要……”

“对啊，他最好别去。”我赞同道。

吉南沃若先生上前一步，把手放在我的肩膀，用力捏了一下。“你说得对。”说完，他便离开了。

和卡塔在屋顶碰面的时候，我本该缄口不言，不把舞蹈表演的事告诉他的。他听了这个消息后，一跃而起，还硬是把我也从地上拽了起来。

“卡塔，我不想去。”我嘟囔道。

“为什么不去啊？”他问着，双脚兴奋地蹦来跳去。

“卡塔，我爸爸快不行了。小镇气数将尽，也要完了。现在，我最不想看到的，就是舞蹈。”

卡塔不再跳来跳去。他走到屋顶的边角，望着远方。

现在，他知道了我真正想做的事情，我能对他说些什么啊？没有了萨利姆来娱乐心情，也没有了曼吉特来稳定心态，只剩我和我的悲伤。

“哎，卡塔……”

“没事的，比拉尔。我也不是非去不可。我只是觉得，这能让你在午夜之前不去想那些烦心的事情。”

我走过去站到他身边，向下俯视着那个荒凉的市集。

“现在，市集上只剩老鼠了。路过的时候，你都能听到老鼠们上蹿下跳，吱吱乱叫的声音。知道吗？有的老鼠都有我胳膊这么长。”说完，卡塔还举起胳膊，冲我挥了几下。

“幸亏你的胳膊短，要不我还真会害怕。”我笑着回答。

我抬起头，凝视着天空。我知道，这是太阳最后一次落在这个印度了。明天等太阳再升起来的时候，就已经是另外一个印度了。一个永远改变了的印度。我想大喊：“印度，可是我还在这儿，我还在！”

“舞蹈表演什么时候开始啊？”卡塔轻声问道。

“我听说，太阳一落山就开始，午夜之前结束。”我回答。我打定主意，把手搭在卡塔的肩膀上。“好吧。我想医生很快会去我家拜访的，我会给他留个纸条，让他照顾爸爸，告诉他我们会在午夜之前回家。这样，我就可以和你一起去看舞蹈了。”

卡塔高兴得合不拢嘴，捅了我一下。我想打他一巴掌，但他还像往常一样，动作敏捷地躲开了，我根本抓不到他。

第四十三章

那晚，卡塔蹦蹦跳跳地在前面带路。**和卡塔在一起，我总是在后面跟着**。他回过头来看看，还时不时地停下来，等等我。我一追上他，他就又往前蹦。我去哪儿都不慌不忙，更别提是去这个音乐厅了，那儿很可能都不让我们进呢。

音乐厅就在小镇另外一边一幢气派的老房子里，是印度一位前任行政长官的府邸。这幢房子年代已久，不过今晚，绚丽的金色灯光会让整栋白色建筑蓬荜生辉，再现生机盎然的壮观。敞开的窗户飘出来室内的喧闹声，我停下了脚步。卡塔转身，询问地眼神看着我。

“或许我们应该等一会儿，等确定没人会发现我们的时候再进去吧。”我建议道。

卡塔不屑一顾地说：“比拉尔，如果我们等一会儿，就错过开头了。要是我能带你走一条道，而且是别人不知道的路，你去吗？”

我看了看卡塔，又看了看那幢房子，撅起了嘴，没吭声。

我了解卡塔，他有可能真的知道一条不为人知的路，但也有可能他是在撒谎。

“好吧。不过尽量别出声。”我说。

我们沿着房屋边缘走，一直绕到房子的背后。周围那些大树沙沙作响，提示我们已经远离镇中心了。卡塔比手势，要我蹲下。我们四肢贴地，匍匐前行，一直爬到一扇窗下。

“我们可以从这儿进去。”卡塔说。

“你确定吗？”我将信将疑地问道。

毫无迟疑，卡塔噌地一下站起身，去推那扇窗。窗户吱吱呀呀地开了一半，就推不动了。卡塔爬了过去，我听到那一边他砰的一声闷闷落地的声音。我站起来，弯下身子爬上窗口，也想要爬过去。卡塔没有意识到，我的身子起码比他大一倍，根本没办法通过这么窄的窗口。他看着我挂在那里怒视着他的表情，咯咯咯地笑了。

“卡塔，我卡住了！得把窗户再推上去一点儿。”我气喘吁吁地说。

卡塔爬到墙上那窄窄的窗台边上，开始将窗户用力往上推，可是窗户卡死了。我意识到，我此时既不能往前爬，也不能往后退了。

“卡塔，我也退不回去了。你得一点一点地把它推上去。我们试着一起推，怎么样？”卡塔准备好了。

“一,二,三……”

伴随着一声尖锐的巨响，窗户一下子打开了。我毫无防备地撞到卡塔身上，两个人一起重重地摔进布满灰尘的房间里。从卡塔身上滚下来，站起身。肯定有人听到声音了！我转过身，尽量轻手轻脚地关上那扇窗，然后拉着卡塔跑到一个挂着厚窗帘的大窗户前。我把卡塔推到帘子后面，用厚重的帘子裹在我们两个人身上，待着不动。有脚步进了房间，又朝窗边走去。我用手捂住卡塔的嘴，自己像雕像似的一动不动地站着。脚步声终于渐渐远去。我们从帘子后面走出来，一边细心地听着动静，一边溜到房门口。走廊里空无一人，我跟在卡塔的身后沿着走廊走向有光的地方。我把他拉进一个阴暗的角落里，俩人都蹲下身子。

“那个好像就是通往音乐厅的正门。我们得上楼去，看我们能否从上看到下面的演出。”我小声道。

卡塔点点头，箭一般地冲了出去。在走廊的尽头，有一个楼梯。我们一边慢慢上楼，一边听着飘来的塔不拉鼓声，声音很微弱，还伴有柔和的锡塔琴声。

“我想，演出就要开始了。”我小声说。

一楼所有的东西上，都落了一层薄薄的灰尘。银色的月光洒进我们经过的每一个房间。很显然，人们觉得为了迎接今天这个场合，房间需要透透气，为此所有的窗户都敞开了。我们快步穿过这个阴森恐怖的旧宫殿时，只有薄薄的窗帘寂静无声地飘荡着。我们来到一个小楼梯井，顺着往下走了几步。底端是另一道门，看起来像是很多年都没用过的样子。我们走进去，面前有一个很大的正方形格子窗，站在那儿可以俯视音乐厅。卡塔转身靠在木窗框上，看着我笑了，好像在说“**我早就跟你说过的嘛**”。我走过去站在他身边，透过其中的一扇格子窗看着那间灯火通明的屋子。

音乐室的天花板很高，在屋子中央铺了一块巨大的正方形深红色织物，上面摆满了靠垫和坐垫，小镇委员会的那几个人正端坐其中。他们中有几个人正在轻声细语地谈论着什么，不过心情都很沮丧。房间里的人都不曾忘记这个夜晚意味着什么，而且历史的分量就像一层厚厚的灰尘一样蒙在在座的观众心里。观众面前，还铺着一小块黑色的正方形织物——那是表演台。灯笼将整个房间照得透亮，委员会的每一位成员身边都放着小油灯。火光伴着无声的节拍在房间里有节奏地跳着、摇摆着。两名乐手坐在黑色正方形一边的坐垫上。他们穿着整洁的白色服装，神色紧张地等待着。塔不拉鼓手手指弯曲，做好了准备；锡塔琴手则心不在焉地为他的琴弦做着最后的调试，动作娴熟，训练有素。

卡塔克舞者从长长的帷幕后面现身出来。她穿着闪闪发亮的白衣，掬了一捧玫瑰花瓣滑步走来站到观众面前。她把花瓣献礼似的洒在地上，向观众微微颔首以示问候，然后向后退了一步，脚踝上的铃铛不时地发出柔和的声响。转瞬间，静寂笼罩了整个宽敞、空旷的音乐厅，静得只能听到微风习习的声音和帷幕的沙沙作响，它们仿佛在轻声细语地给这位姿态优雅的舞者作介绍。

锡塔琴乐手开始轻轻弹奏，奏出令人振奋的琴声，那乐声让在座的观众痛苦的心情得到慰藉。他用手指来回拨弄着琴弦，用乐声填满了房间的每个角落。舞者下巴低垂，双眼紧闭，一动不动地站着，专注地听着琴弦上传来的声音。我也闭上眼睛，聆听她所听到的声音，可是，她的感受又如何呢？锡塔琴手拨动着一根又一根的琴弦，不断变换着音位，我仍是闭着双眼聆听。这时，我听到塔不拉鼓声的第一次敲击，随着锡塔琴手设定好的旋律缓缓响起来，紧接着是一阵砰砰的快速击鼓声。随之，锡塔琴的乐声慢慢销声匿迹，塔不拉鼓的旋律响起来了。

我盯着这两名乐手看。他们是朋友，就像我和萨利姆，我和卡塔，也像我和爸爸。朋友会给所爱的人留出一个空间，让他们自己来安排。彼此关爱着的人也知道什么时候能说话，什么时候要保持沉默。

音乐仍在继续，仍然是那样的快节奏，还有一阵叮叮当当的敲击声。透过格子窗，我看着卡塔克舞者缓缓地移动舞步，合着塔不拉鼓点的节拍，抖动着系在脚踝上的铃铛，发出阵阵清脆的响声。她的朋友们又为她营造了一片发挥的空间。此时，存在的这三种不同领域的声音，填满了我们双耳与思维之间的这段空白。现场的火苗随着音乐的节奏摇曳，那摆动分明是舞者明快舞步的陪衬。那个舞者恰到好处地融入音乐中。她抬起双手，展开双臂，模仿大鸟的翅膀，前前后后摆动着羽翼，伴着激情澎湃的音乐展翅翱翔。她左右胳膊交替摆动，双脚还不停地移动着，她的舞姿惟妙惟肖地再现了一只胸脯呈橘黄色的翠鸟飞翔的情景。音乐起了微妙的变化，她骤然变成一只银河鱼，潜入水里。锡塔琴弹奏出流水经过鹅卵石的声音，塔不拉作为背景音乐轻轻地敲击着，模拟鱼儿在水中进进出出的声音。卡塔看得都入迷了。他的双眼紧紧追随着那晃动着的主场灯笼和身穿亮白衣服的舞者。

塔不拉鼓手的节奏不断加强，然后骤然停止。随即，锡塔琴手引入了一个新的乐章，鼓声退却到背景音乐中。我看着舞者的姿势，注意到投在她背后墙上的影子。她是在讲述一个故事——关于印度和印度的起源；关于印度的流域和群山。她好似一条鱼儿，在印度河流域的淡水里狂欢；又似一只苍劲的鹰，在高高的喜马拉雅山顶翱翔。有的时候，她似大地；另一些时候，她又似空气。但毫无疑问，她代表的是母亲印度。她抬起优美的脖颈左右摇晃，纤长的手指在我们的眼前变换着各种形状。屋子里所有的人，都在观看她展现的历史画卷——那是我们的历史。早期河流岸边最初的定居者，第一批猎人，第一批舞者，以及原始器具——它们用这块大地上的泥土、这块大地上的木头制作而成，这一切传承着、旋转着融入了此刻的同一旋律中，年代的界限被不停踏在地上的舞步所遗忘。在她的土地上，她是一棵树，一棵巨大的菩提树。随着塔不拉鼓点的节奏，大树向外伸展着臂膀，一根根树枝从泥土中滋生出来，互相缠绕着、盘结着，看不清起点，也不知终点……

此刻，她又变幻成一阵季风，在柔和的光线中旋转着舞动。塔不拉鼓点跳跃着去迎合舞者快速的动作，锡塔琴则紧紧地尾随其后。舞步的拍击声和叮当作响的铃声回荡在这间老房子里，就像雨滴噼里啪啦飞溅在硬硬的土地上，舞者的手指伸向空中，任凭雨滴洒落。塔不拉鼓声骤然密集起来，还传递着一些别的什么含义。愤怒。锡塔琴弦此刻奏出一阵强劲、短促又清晰的乐声。舞者往前走了一步，脚跟一转，开始旋转。鼓点敲得更加急促更加响亮，舞者也转得愈来愈快。季风来了，在座的人们受到巨大的冲击力，个个神经紧绷。所有人的眼光都锁定在舞者旋转的裙子上，裙摆十足地撑开，盖住了地面。我的眼睛定在舞者身上，视线随着她的转动游移不定，渐渐模糊。那个发光的白色身影融入黑暗中。透过格子窗，我能感受到季风的肆虐。金色的光线孱弱地摇曳着，备受狂风的蹂躏。舞者仍在不停地旋转……

我看到了那一刻，那是我第一次和爸爸爬上菩提树时的情景；那是我摔倒的时候，妈妈用她的纱丽服擦拭我膝盖的情景；那是我第一次与萨利姆从井里打水；那是我们第一次发现屋顶，将它占为秘密基地的时刻；那还是第一次爸爸带着我在集市的摊位间闲逛的时刻；那也是我第一次坐下来聆听屋外暴雨的时刻；是我第一次吃到甜甜的芒果的时刻；是我们第一次在河里游泳、捉鱼做晚餐的时刻；是我第一次意识到爸爸是真的生病了的时刻；更是我第一次决定自己的一生都会生活在谎言中的时刻。

舞者猛地停止了旋转，头朝下倒在地上。鼓声骤然在此停止，舞蹈到此结束了。

第四十四章

我们离开那幢老房子，紧贴着路边，从一个背光处挪向另一个背光处，慢慢向前移着往家走。空气中渲染着激动的气氛和其他一些东西——恐惧。我们看着人群走上街头庆祝着，或者说，困惑着？喜悦的叫喊声与死者的沉默混合在一起。人们站在那里，观望着，等待午夜时钟的敲响。我能理解他们的困惑。*我们会有不同的感受吗？事情会有所改变吗？明天会发生什么事？*

很多人固执地拒绝接受一切将发生改变的事实，如同另一些人深信印度的新时代即将来临一样坚决。我对于这两种水火不容的情感困惑不已，不知所措，不止是我自己，小镇上的其他人也有同感。一大群人举着火把重重地跺着脚步从我俩身边走过，我们紧紧贴在暗影处站着，一动不动。

"印度万岁！"

"印度必胜！"

我能感觉到耳边卡塔呼出来的热气。

"他们依然闯进人家，把人烧死……"他呼吸急促地小声说，

"比拉尔，你弄疼我胳膊了。"

我眨眨眼，才意识到自己把他的手抓得太紧了。"对不起。"我不好意思地说。

"我们最好去你家吧。"卡塔建议道。

我转身困惑地看着他。

"你家就在附近，我们可以先去那儿啊。"我说。

"不行，不行。我要先和你去你家，以免发生什么事情。"

"卡塔，要是真有什么事情，我们俩都逃不过。我会没事的。"

他转头看了看外面的街道，抓住我的胳膊。

"我们走吧。"说着，他就拉起我的手，拽着我就走。

我摇摇头，心中暗喜，幸好有卡塔陪着我。我知道这个想法很自私，但我很害怕，我最不想做的事情就是独处。

我们小心翼翼地穿过街道，走到了学校和穆克吉先生家附近。卡塔敏捷地直往前走，我把他拉了回来。

"卡塔，等等。我只想看一眼穆克吉先生，很快出来。"我说，"几天前，他说过，如果我一切都好的话，告诉他一声。他可能一直在担心我。"

"好吧，不过要快点儿啊。我们不能在这儿耽搁太久。"卡塔回答。

我敲了敲门，从门缝向里窥视看有没有人。

"穆克吉先生？穆克吉先生？有人吗？"

一片寂静。*他们能在哪儿呢？*卡塔不耐烦地站在那儿扭来扭去突然，那扇重重的木门咯咯吱吱地开了，穆克吉先生长长的胳膊伸出来，把我拉进去，然后又迅速关上了门。

"等等，等等！卡塔还在外边呢。"我喊道。

穆克吉先生又打开门，喊着卡塔的名字，催促他赶紧进屋来。

“比拉尔，你到底去哪儿了？我去看过你爸爸，医生也在那儿，正为你感到不安呢。他告诉我你留了一张纸条，说你稍后就回去。”

“他有没有告诉我爸爸他不晓得我去了哪儿？您知道吗？”我焦急地问。

“我不知道，不过我有点怀疑。你爸爸正睡着呢，他几乎都抬不起头了……”穆克吉先生伤心地说。

“我刚才有点事，需要离开一小会儿。”我尽量平静地说。

“比拉尔，在这几条街道上到处走动可不安全啊。半个镇子的人都在庆祝，另外半个镇子的人都离开了。还有就是那些一直在街上闹事的人……”

“我知道，我们看到他们了。”我回答。

穆克吉先生长吁一声，叹气说：“比拉尔，回家吧。他需要你。”

“好。卡塔，我们走吧。”说完，我转身走向门口。

“等等，我和你们一起去。”说完，穆克吉先生穿上他的大衣。

“不用了，老师。您最好还是陪着阿姨吧。”我劝阻道。

“比拉尔，阿姨会照顾好自己的。”穆克吉夫人说着，从背光处走了出来。

她用双臂搂住我，将我拥入她怀中。我依然僵硬地克制着自己，没有去抱她。虽然我很想那样做，但我不能。她后退一步，黯然地笑了一下。

“你比我想象中的要勇敢。”她说。

我低下头，盯着双脚。

“我一直以为，所谓的勇敢，就是有勇气讲出真相。我是个胆小鬼，不过，没关系。只要爸爸能在平静中离世，我就能承受起一个胆小鬼的骂名。今天早些时候，吉南沃若先生说的一席话很有道理。他说，真相是留给活着的人的。”

穆克吉夫人压抑住哭声，用披巾掩面转过身去。我知道，她是不想让我看到她哭。穆克吉先生送她走进那间昏暗的屋子时，转过来对我们说：“在这里等一会儿，我马上回来。”他的声音很坚决。

卡塔焦躁不安地在窗边等着。

“好了。”穆克吉先生返了回来，“走吧。即使有人冲你们大喊，也不要停下。如果那些暴徒挡住我们问话，就说你们两个都是我的儿子，我们正要去广场庆祝呢。听明白了吗？”

我和卡塔低声表示赞同。我们立刻出发，敏捷地穿行在一条条街道上，街上有些地方几乎没有亮光。穆克吉先生大步流星地走着，我和卡塔极力跟上他的步伐。快走到我家那条街时，我追上穆克吉先生，走在他身边。他还像往常一样，自言自语着。他转过身子，冲我笑了笑，表情显得异常紧张。走到前门口的时候，我们停了下来。我四下看看，确定没有人跟踪过来，然后敲了敲门。过了一会儿，我又敲了一遍，还把耳朵贴在门板上，听着里边的动静。听到里边有脚步走过来的声音，我往后退了几步。

“谁啊？”一个粗哑的声音问。

“是我。比拉尔。”我回答。

那扇重重的门打开了，医生急切地催我们几个赶紧进屋。

“比拉尔，你去哪儿了？”他生气地质问，“你爸爸都问了你好几次了。你在想些什么啊？他现在快不行了，而且……”

穆克吉先生举手示意，医生不再说什么了。

“他和我在一起，是我没让他走。我觉得街上不安全，所以就把他们两个留在了我家。”穆克吉先生解释道。

医生看了看我，又看了看老师。由于紧张而端着的双肩松弛了下来，他脑袋低垂着，把手放在我的肩膀上。我想看看他的表情，可他把脸转向一边，半明半暗的光线中看不清他脸上的表情。

“比拉尔，去看他吧。时间不多了。”医生的声音几近窃窃私语。

我的双腿沉重得就像好几袋大米绑在了脚踝上。我拖着一只脚往前走了一步，然后又拖另一只，慢慢挪向书墙。三双眼睛紧紧地盯着我的后脑勺，我转身看到了三张表情截然不同的脸。穆克吉先生手握怀表站着，因为握得太紧，指关节都发白了。医生的眼睛越过我的肩膀，直直地盯着那片黑暗，眼神里全是哀伤。卡塔站得离我最近，小小的拳头攥得很紧。

“求求你们。我想单独陪陪爸爸，在他……”我咽下了后面的话，转过头去，不让他们看到我的脸。

“比拉尔，你确定不用我们陪你吗？”穆克吉先生关切地问。

“是的，我确定。穆克吉先生，请您送卡塔回家吧。”我的情绪稍微地冷静下来，轻声回答。

“我哪儿都不去。”卡塔固执地说。

“听着，孩子。外面不安全。我把你送回家，你明天还能过来。”穆克吉先生说着，领着卡塔走到门口。

走到门槛处，卡塔又转身看了我一眼。

“比拉尔，如果你需要的话，我就过来。只要喊一声我的名字，我会过来的。”他哭着，撒腿跑进了黑暗中。

他还是不愿离开我啊。我感觉喉咙发紧，便赶紧眨了眨眼睛。

我听到穆克吉先生低声责备了几句，可是卡塔已经不见了踪影。

“那小子……”

“穆克吉先生，他不会有事的。”我解释道，“他一向都没事。”

“我们后会有期吧。”说完，他举手告别，走出了门。

医生站在原地，一动不动。他的神情严肃冷漠。我心想，他们两个真是太不一样了。爸爸的为人，经常会让我想起菩提树的树根，一层叠一层的卷须交织在一起，向四面八方展开。医生却完全不同。他让我想起一节一节的斑竹，正直、不易弯曲，甚至几乎不可能折断。这事对他来说，必定也很难接受，毕竟他们是很好的朋友啊。我走到他身边，抓起他的手，握得很紧很紧。

“医生，爸爸……去了之后，我会第一个通知您的。”我轻声说。

医生像才从梦中醒来似的，低头看着我们紧握在一起的两只手。他用他那厚实的手指攥紧我的手，用劲捏着，差点让我哭了出来。然后，他猛地一下松开手，头也不回地走了，顺手关上了身后的门。

第四十五章

我顺着书墙，走到床脚边站定。医生已经点燃一支蜡烛，放在了床边。金色的火苗摇曳着，在四周投下忽明忽暗的影子。走近烛光的时候，我注意到自己的影子倒映在了沙色的土墙上。**你一会儿也要亲眼见证这一刻吗？你的出现，是想亲眼看看我是否能将这个承诺进行到底吗？**

我坐在床上，看着睡梦中的爸爸。他那干燥、龟裂的嘴唇中，时不时地发出艰难费力的不均匀的喘息声。我取来一些水，用手指在杯子里蘸了一下，然后轻轻地涂湿他的双唇。我把手放在他的胸前，闭上双眼。每一声呼吸，都是一次挣扎，一场争夺空气的斗争，一场对抗自己的战役。爸爸的胸的起伏微弱得几乎看不见了。这是一场他注定要输的战争。

爸爸出乎意料地睁开双眼，直直地盯着我，微微一笑。

“是你啊。”他轻声地说。

“爸爸，医生走了。”我说。

爸爸努力地睁开双眼，咯咯地笑着。

“我也快了。”他轻声说道。

我摸索到他的手，用我的十指牢牢地握紧他脆弱无力、皮包骨头的手，然后，紧紧地贴在我的胸口上。烛光下，我和爸爸都有些昏昏沉沉。还有几分钟就到午夜了，可我还坚守着那个毫无希望的梦。我把爸爸的手放到唇边，吻了一下，滚烫的泪水顺着脸颊流了下来，滴落到即将来临的灾难边缘上，消失在无尽的黑暗里。

“爸爸，我们快要到那……”我倚在他身边耳语道。

“比拉尔。”爸爸打断了我的话。

告诉他吧。现在告诉他的话，还不算太迟。纠结在我脑子里的所有事情，一下子都清晰了，每一个心结都要解开了。*告诉他！告诉他吧！*

“还有不到一分钟的时间。爸爸……”我这个谎话大王！

“我的孩子，很难说……”爸爸小声说。

时钟敲响，午夜到了。庆祝的欢呼声，愤怒的喊声，悲哀的怨声从小镇广场的方向一并骤然响起。

“爸爸，你听到了吗？那个声音……”*这将是我永远的心结。永远的*。“印度自由了。”我哭着说。

“比拉尔，宝贝儿……”爸爸的声音微弱得我几乎都听不到了。

我把身体靠得更近些，想听清楚他说的话。我双手托起爸爸的头部，吻了一下他的前额。

“爸爸……”

“你就是我的印度。”爸爸小声说。

小镇广场上的狂呼乱喊还在继续，爸爸的呼吸却变得愈加急促艰难，慢慢只成了短促又急切的吸气。突然，爸爸嘴唇张开，最后长长地吁出一口气。那一声像吹口哨一样的呼气，比其他任何时候都清晰纯净。

烛光摇曳，仍旧追寻着墙上的影子。看着那堵书墙，我注意到有几本厚厚的精装书籍已经被抽了出来。我把爸爸紧紧抱在胸前，心想着得抽出多少本书，才能使整堵书墙坍塌啊。

第四十六章

此时，小镇的喧嚣声更近了，但却有所不同。那声音听上去更愤怒，火药味更浓烈。尖叫声和扯着嗓门的辱骂声不绝于耳，可是在我们这间昏暗的小屋里，只有蜡烛在静静地淌着烛泪，那些声音感觉离我好远好远。突然间，传来撞击大门的声音，紧接着是砰砰的捶门声。有人正试图破门而入。我把爸爸紧紧抱在胸前，一边前后摇晃，一边用手抚摸着他的头发。我做到了。他死在了我的怀里，对真相一无所知。他悄然走了，带着他深深热爱的印度还完好统一的信念。我做到了。砰砰的砸门声还在继续，但这对我来说无关紧要。尽管我的身体飘浮在黑暗中，我的心却正在下沉。紧接着，突然响起一声木头碎裂的声音。

一个声音刺穿了这片寂静的黑暗。

“小仓鼠，我告诉过你的，是吧？我说过，我会烧死你的。如果我们不除掉像你这样的害虫，印度就永远不可能自由。现在谁还会来救你？烧！”

一瞬间，我听到另一间屋子里传来瓶子摔碎在地上的声音。

紧接着，书墙首先燃起大火，火苗贪婪地吞噬着一本又一本书。火势沿着书墙持续蔓延，很快蹿到了屋顶，并向床的方向延伸。门外的叫喊声、挣扎声变得越加响亮刺耳了。

“比拉尔！比拉尔！”我认得那个声音。我的姑姑怎么会在这儿啊？“比拉尔！能听到我的声音吗？比拉尔！”

“你必须出去！”另一个声音喊道。这是一个我相当熟悉的声音。哥哥在这儿做什么？我告诉过他，不让他回来的啊。不管怎么样，现在都无所谓了。

我的大脑似乎从昏沉沉中有点苏醒过来，意识到蜡烛已经熄灭了。但是，现在整个书墙都在着火，片片的旧皮革和泛黄的纸飘浮在空中。环视四周，装满知识的书已被焚毁，皱褶了的纸张已经烧黑，然后渐渐变成纯黑色的粉末。我伸出一只手，极力想抓住几张飘浮着的纸，但每一片都是一碰到我的手就碎了。

我闭上双眼，把爸爸抱得更紧了。火苗温暖的气息使我昏昏欲睡。我如释重负地吁了口气。我已经做到了。我信守了自己的承诺，现在我唯一想做的，就是休息。

忽然又一阵猛烈的撞击声打破了这片刻的宁静，一个人影从黑暗里走了出来。

“比拉尔，我们必须出去。马上！”

“哥哥，你在这儿干什么？”

他粗鲁地抓住我，扯着我的胳膊。

“不！我不能丢下爸爸！我不能！”我紧紧地贴在爸爸的身体上，哭着说。

哥哥松开我的胳膊，跪在我面前。

“比拉尔，他已经走了。不走的话，几分钟后，你也会死的。放下他吧。”他劝说道。

“我不能，我不能。我到最后都没能告诉他。我想告诉他的，可我不能。”我平静地说。

“比拉尔，放下他吧。他不用再受折磨了。”哥哥拉起我的手，轻轻地把我拉到他身边，揽入他怀里，“比拉尔，放下他吧。”他在我耳边小声劝道。

此刻，大火弥漫了整个房间。哥哥站起身，一把抓起被单，跑到屋子角落的水桶边，把它全部浸湿。然后又提着水桶返回来，把水倒在我身上。我们把被单披在身上，向前走了一步。书墙倒了一大半，挡住了我们的去路。

“比拉尔，我们得从这上面跳过去！你准备好了吗？”哥哥大喊。

“嗯！”我紧紧抓住他的胳膊喊道。

我们后退几步，闭上双眼，跑向火墙，撞了过去。我们两个滚落到外屋那边，重重地倒在地上。我们身上沾满了火苗，我还感到脚踝一阵疼痛。哥哥站起身，把我拖到门外。我们两个倒在冰凉的黑夜里，拼命地呼吸着空气。

火焰与浓烟在我们头顶越聚越浓的时候，哥哥扶我站起身。碎纸片飞进夜晚的天空，又在集镇上空扩散，向四面八方飘去。卡塔站在我身边，拳头里紧紧地攥着一块石头。站在他旁边的，是姑姑。她惊恐地把眼神从小屋移向我，张张嘴想说什么，却一个字也没说出来。她伸出双手，把我拉到身边，哭了起来。她的身上有一股茉莉花的味道。后来，我从她身边走开，站到哥哥旁边。我们肩并肩站在一起，看着火焰肆虐，眼泪顺着满是尘垢的脸颊画出了一道道泪痕。爸爸去世之时，也是一个新国家的诞生之日。

过了一会儿，哥哥转向我，抓住我的衬衣，把我拉到跟前，粗鲁地拥抱了一下。我把脸埋进他的胸膛,紧紧地抱住他。然后，哥哥用力地一把将我推开，向后退了一步。我看到了映射在他双眼里的烈火，和爸爸的眼神是那么的相似。*别离开我*。当他一步步走开，从我的视线中消失的那一刻，我感到胸膛一阵难以遏制的疼痛。

就在那天晚上，姑姑带着我离开了那个小镇，开始了另外一种生活。那也是我最后一次看见哥哥。我甚至都记不太清楚他长什么样子了，但我永远都不会忘记他那双乌黑的眼睛，生气时像灼热的炭火，熊熊燃烧，闪闪发光。

后　　记

六十年后

当我结束演讲的时候，在座的人们悄无声息。我望着眼前的一张张面孔，他们也正抬头目不转睛地看着我。沉默蔓延着，填满了所有的空间。我抬头望望夜晚深蓝色的天空，只见浩瀚的苍穹，处处缀满了繁星，它们一闪一闪地照亮了天空。当我收到庆祝独立六十周年的邀请函，催促我回去参观一下小镇的时候，我心里诚惶诚恐的。我的整个成年时期，都花费在努力忘记自己曾经做过的事情上，但我事实上从未摆脱掉过去。

在我的职业生涯中，我的天性，引导我成为一名律师。**一个真理的捍卫者**。多年的辛勤工作后，我终于荣升到了首席法官这一崇高的位置上。**还有谁能比一个撒过谎的人更准确地发现说谎的人呢？**小镇委员会的成员在报纸上看到我的名字后，便邀请我回来讲述一下自己的故事。最终，我说服了自己。我得向小镇忏悔，事隔这么多年后终于能够让自己解脱的想法也着实很诱人。

现在好了，我讲出了我的故事。所有的故事。但是，人群的异常沉默令人窒息。

我嗅了嗅，能闻到空气中弥漫着的一些东西。我猛地来回甩甩头，这个气味唤起了我内心深处旧时的记忆。季风要来了。

人群依旧静如止水。我拿起那张演讲稿，揉成一个纸球，然后拿过手杖。小镇的镇长困惑地看看大家，又看了看我，走上前来想帮我。这不是他所期待的那个故事。我冲他摆摆手表示谢绝，然后步履蹒跚地走下讲台。镇长打破了这段沉默，向人群致辞，感谢我的到来。广场上的人群起了动静，可还是有一种奇怪的寂静悬浮在空气中。

在讲台的一侧，我找到一只底朝上放着的木桶，便坐了下来。另一段记忆袭上心头，关于庞迪杰瑞先生和树荫下他最喜欢的那只木桶的记忆。他常说："在这只木桶里，包含着无穷无尽的故事哦。"他在任何场合下都有故事可讲。想到这里，我情不自禁咯咯地笑出了声。站在讲台上这么久，我的双腿都有点抽筋，变得僵硬了。我轻轻地揉搓双腿，试着让它们舒缓活动起来。

我在那儿一坐下，便不断地有人围上来。成群结队，或者一个个地走来。虽然步伐很慢，但都很坚定。有的人摸摸我的双脚送上祝福，另一些人则跟我握握手。所有的人都来了，有母亲，有父亲，有男孩，还有女孩。老人们在我的故事里重温了过去。他们湿润的眼睛闪闪发光，摇着脑袋拍拍我的后背。我故事里涉及的那些人的家人和朋友微笑着陷入回忆，对我表示感谢。许多人只是碰一下我长衫的褶边，便静静地走开了。还有许多人，站在我身边轻轻地啜泣。看着周围这些人的脸庞，我感觉我的负担更重了。我本希望讲完这个故事后，我会感觉好点儿，得到解脱。恰恰相反，坦诚的表白后我感觉整个人像被击垮了似的。

透过眼角的余光，我注意到有一个小男孩在人群的边缘徘徊。*他看起来非常面熟*。人群开始慢慢散开。当大家最后都离开的时候，他慢吞吞地走了过来，毕恭毕敬地鞠了一躬。

“比拉尔先生，我听说过您的故事。对我来说，它意义非凡。您知道吗？我是医生的孙子。”

啊，难怪呢。这么熟悉的一张脸。

“我爸爸的名字叫比拉尔。我的名字叫古拉姆。”他说。

“古拉姆是我爸爸的名字。孩子，很荣幸能见到你。”我回答。

“不，不。比拉尔先生，您在说什么啊？这完全是我的荣幸才对。”说完，他摇摇头，俯下身摸了摸我的双脚。

“你爷爷教给我很多东西。”我说。

“我依然很想念他。他去世前，一直在小镇当医生，而且还一直不间断地慰问周边的村庄。”

“他肯定会那样做。”我微笑着说，“他说过他会的。医生是一个说到做到的人。”

“比拉尔先生，请您在这儿等一会儿，好吗？我不确定您今天会来，所以我没把它带在身上。能请您在这儿等我一会儿吗？我很快就会回来的。”

“当然可以。我就在这儿等你。”我答道。

为了让自己舒服些，我靠在墙上。小镇的变化不大。市集还在，所有的小巷和街道也都完整无缺。如果说有什么变化的话，现在，市集的规模变大了，从全国各地吸引了更多的商业贸易。*爸爸知道了，一定会很高兴的*。

古拉姆回来了。他上气不接下气地喘着，弯下身子，扶着膝盖。

“孩子，站起来。那样你呼吸会平复得快些。”说完，我想起了自己像他这么大时的样子。

他好奇地看着我，然后直起身子。“我经常跑来跑去的，爷爷以前就常对我说这句话。”古拉姆从口袋里掏出一个皱皱巴巴的信封，“我爸爸去世的时候，作为他唯一的儿子，我负责整理了他的遗物。收拾他的文件的时候，我意外地发现了一大箱爷爷留下来的东西，这封信就放在里面。信封上面写着给我亲爱的朋友比拉尔，可我一直不确定这封信是写给谁的。直到今天才明白过来。或许是因为您离开得太突然了，他没能转交给您。不过，我觉得应该把它交给您。”

从他手里接过信封，我整个人都呆住了。我抬头望了一眼古拉姆好奇的神情，然后把手里的信封翻过来。我的心跳加速，连天空的星星似乎也变得更加明亮、更加耀眼了。我小心翼翼地打开信封，把信摊开，不禁倒吸了一口冷气。这是父亲写的一封信，落款日期是一九四七年八月十四日。我想把注意力集中在眼前这些潦草的笔迹上，却感到一阵眩晕。信的前几行，看起来像是个孩子的笔迹。字写得很大，间距占位也很奇怪。接下来的部分，是用流畅的笔体清晰地写完的。父亲一定是很倔犟地要写这封信，他力气耗尽的时候，肯定有人代笔了。我抬头看着这个小男孩，双手开始不停地颤抖。是医生代劳的。我强迫自己看着这封信，读了起来。

亲爱的宝贝：

临死前，我最想做的事情里边，最重要的就是给你写这封信。比拉尔，我为很多事情自豪，但最令我自豪的事情还是能成为你的爸爸。了解这一切后，我再也找不到一个比你更有胆识的孩子了。我知道，你以后会成为一个比现在更棒的人。

我甚至都没有力气写完这封信，不过有医生在这儿帮助我。我的孩子啊，他把你的誓言告诉我了，还有你为了不让我知道真相所做的一切努力。亲爱的宝贝，你自己都承担了些什么啊？

比拉尔，你就是我的印度，你就是我的梦想。你所做的一切，你送给我的礼物都深深地铭记在我的心里。当你看到这封信的时候，请你明白，知道真相以后，我哭了，不是因为伤心，而是为有你这样的儿子而感到高兴。我请求你，不要因为医生把真相告诉了我而责备他。这个正直的小老头，觉得他自己别无选择。我知道，所有的人当中，只有你能明白那种感觉。

请转告拉弗奇，我也为他感到骄傲。尽管我们经常争吵，但请你告诉他，我从来不曾忘记他。我希望，他能在现实世界里找到平静，他的内心也能得到安宁。

就写到这儿吧。一想到即将离你们而去，我就痛苦万分。我把自己最珍视的财产——这些书，留给你。我知道，你会好好保管它们的。说不定，每次拿起一本书的时候，你都会笑着想起我。

爸爸

我的双手还在不停地颤抖，盯着这封信看了好几分钟。那些字迹变成了线段，勾勒出形状；变成了记忆，糅合成画面……

“比拉尔先生，您没事吧？”古拉姆问道，一脸关切的表情。

我小心翼翼地叠好那封信，把它塞进信封，紧紧地攥在手里。我的另一只手里，依然拿着那张我带上讲台的皱巴巴的纸。我把它展开，尽量抚平每个边角。那个高个子年轻人与医生一样，脸上总是一副严肃的神情，好奇地看着那张纸。

“人人都会撒谎。”他大声地读着我匆忙中潦草地写下的演讲稿。

我把那张满是折痕的纸递给了他。

“比拉尔先生，我怎么处理它？”他疑惑地问道。

“你想怎样都行。”说完，我从他身边走了过去，“它不再属于我了。”

作者提供的一些历史笔记

巴基斯坦伊斯兰共和国成立于一九四七年八月十四日，是从印度分离出来的一个小国家。巴基斯坦由两大区域组成：西巴基斯坦，位于印度河流域的平原；东巴基斯坦，也就是现在的孟加拉国。在一九四七年八月十五日的午夜，印度从英国的殖民统治下获得独立。

宗教的分裂运动导致一千四百五十万人举家搬迁。穆斯林教徒从印度搬到巴基斯坦，印度教徒和锡克教徒则从巴基斯坦迁徙到了印度。许多人在这场国家被一分为二的巨变中，失去了亲人、朋友和家园。据统计，在这段时期，有近一百万的人死于暴力。

尽管分裂运动已经过去了六十多年，但印度与巴基斯坦的矛盾冲突却延续至今，大规模的暴力事件仍时有发生。分裂运动对印度和巴基斯坦两国人民的生活都造成了广泛深远，而且几近毁灭的影响。这样的影响在今天，仍像一九四七年八月十四日的那个午夜一样剧烈。

爱尔凡 · 马斯提尔

图书在版编目（CIP）数据

美丽的谎言 /（英）马斯提尔（Master，I.）著；李丽译．—南京：译林出版社，2015.7
（国际畅销榜）
书名原文：A beautiful lie
ISBN 978-7-5447-5378-4

Ⅰ.①美… Ⅱ.①马… ②李… Ⅲ.①长篇小说－英国－现代 Ⅳ.①I561.45

中国版本图书馆CIP数据核字（2015）第054486号

著作权合同登记号 图字：10-2012-188号

书　　名 美丽的谎言
作　　者 〔英国〕爱尔凡·马斯提尔
译　　者 李　丽
责任编辑 陆元昶
特约编辑 刘文硕
出版发行 凤凰出版传媒股份有限公司
译林出版社
出版社地址 南京市湖南路1号A楼，邮编：210009
电子信箱 yilin@yilin.com
出版社网址 http://www.yilin.com
印　　刷 三河市祥达印刷包装有限公司
开　　本 960×640毫米 1/16
印　　张 16.25
字　　数 167千字
版　　次 2015年7月第1版 2015年7月第1次印刷
书　　号 ISBN 978-7-5447-5378-4
定　　价 39.00元

译林版图书若有印装错误可向承印厂调换